ELVEA
Bücher & Ebooks

AF290300

Projektleitung

www.bookunit.de

Fröhliche Weihnachten

Festliche und freche
Gedichte und Geschichten
zum Fest

Claus Beese

Es ist soweit

Ganz hoch im Norden tut sich was,
das macht den Kindern richtig Spaß.
Der Weihnachtsmann ist unterwegs,
bringt Gaben und so manchen Keks.

Bei den Kids, die artig waren,
will mit Geschenken er nicht sparen.
Drum ist es allerhöchste Zeit,
Kinder, seid artig, weit und breit!

Der Mann, der keine Mühen scheut,
ihm ist zu euch kein Weg zu weit.
Vom Polarkreis in die weite Welt,
reist er, weil es ihm gefällt.

Gaben bringen, Liebe schenken,
durch den Schnee das Rentier lenken.
Er hat sich auf den Weg gemacht,
um bei euch zu sein, zur Heiligen Nacht.

Inhaltsverzeichnis

Plätzchenduft 7

Eine Weihnachtsgeschichte 8

Weihnachten im Bahnhof 14

Der erste Schnee 19

Im Weihnachtsland 20

Der Vegesacker Junge und der Weihnachtsbaum 27

Advent 31

Die kleine Weihnachtstanne 33

Weihnachten der Schiffe 39

Nikolaustag 45

Nur ein Weihnachtsgeschenk 47

Weihnachten unter Palmen 53

Winternase 60

Allegra, das Karusselpferd 62

Frostbeulen 69

Heiligabend 74

Das Weihnachtsleuchten 76

Und dann ist plötzlich Weihnachten 82

Eisige Zeiten 87

Die Nixe und der Weihnachtsmann 89

Der Vegesacker Junge und das Weihnachtswunder 95

Heilige Nacht 101

Das Weihnachtsballett   102

Eine weihnachtliche Katastrophe   108

Weihnachtsfunzeln   112

Der Weihnachtsschwan   114

Das Ungeheuer von Staberhuk   120

Weiße Weihnacht   128

Heiliger (Grog-)Abend in Vegesack   130

Wo sind die Bäume   138

Schwere Kinderherzen   141

Der Bahnhofs-Karpfen   142

Eine schöne Bescherung   146

Die allergrößte Gabe   149

Der fliegende Leuchtturm   151

Der Weihnachtskasper   157

Es weihnachtet   160

Santa Nikolas   162

Der Weihnachtsschlitten   166

War er es?   170

Jan und die Weihnachtshummer   171

Drachen-Weihnacht   177

Weihnachtszeit   182

Ostsee-Weihnacht   184

Klabauterweihnacht   187

Weihnachten ist nie vorbei   195

Plätzchenduft

Plätzchenduft kommt aus der Küche,
ziehet köstlich durch das Haus,
Tannenduft und solch Gerüche
sagen immer sehr viel aus.

Gänsebraten mischt sich ein,
leckerer Duft von rotem Kohl,
voll Aroma dunkler Wein.
Wer fühlt sich da nicht pudelwohl?

Wenn im Haus sind diese Düfte,
ist der Winter eingekehrt.
Weihnachtsmann fliegt durch die Lüfte,
heute Abend wird beschert.

Hell erklingen Weihnachtslieder,
unter des Baumes sattem Grün.
Sachte rieselt Schnee hernieder,
Eiskristalle im Licht erglühen.

In dieser Nacht wurde geboren
ein Kindlein, zart und rein.
Es war vom Herrgott auserkoren,
auf der Welt sein Sohn zu sein.

Eine Weihnachtsgeschichte

»Verdammt!«, brummelte Hermann Klaasen vor sich hin. »Muss es denn jetzt auch noch schneien?«

Er schlug den Kragen seiner Jacke hoch und äugte gen Himmel, von wo die weißen Flocken in ihrer ganzen Pracht leise herunterrieselten, und sich auf Hermanns mächtigen Riechzinken setzten. Lautlos zog die Welt sich ein weißes Festtagsgewand an, und bereits nach kurzer Zeit konnte man nicht mehr erkennen, wo in dem weißen Flockenwirbel die Erde aufhörte und der Himmel begann.

»Verdammt!«, entfuhr es Hermann noch einmal. »Was hat mich nur geritten, ausgerechnet heute zum Angeln zu gehen?«

Ausgerechnet heute, damit meinte er den Tag, an dem die ganze Welt die Geburt eines Kindes feierte, den Heiligen Abend. Als er heute Morgen aus den Federn gekrochen war und aus dem Fenster geblickt hatte, strahlte die Sonne von einem blauen, nahezu wolkenlosen Himmel herab. Es war noch über null Grad gewesen und die Teiche und Seen sicher noch nicht zugefroren. Also, noch gutes Wetter um einen Weihnachtskarpfen zu fangen. Seit gestern Abend, als die Jungs ihn im Bootshaus am Blumenthaler Hafen mit ihren Weihnachtsgeschichten nervten, kreiste dieser Gedanke in seinem Kopf, und brachte ihm die schmerzliche Erinnerung.

Früher hatten sie jedes Jahr einen Karpfen gehabt, und wenn der Winter mal zu früh gekommen war, hatte seine Gertrud einen wunderschönen Karpfen in der Stadt beim Fischhändler gekauft. Aber seit nun mehr als fünf Jahren war alles anders. Seit Gertrud nicht mehr da war, hatte Hermann zu Weihnachten seine Angelruten nicht mehr angefasst. Und ausgerechnet heute hatte es ihn wieder gepackt und aus dem Haus getrieben. Er wollte, nein, er musste unbedingt einen Karpfen fangen. Verfluchtes Geschichtenerzählen!

Hermann stand mutterseelenallein und fröstelnd in eisiger Kälte an dem großen See und suchte im Schneegestöber einen Blick auf seine Posen zu erhaschen. Ja, der rote Schwimmer lag da drüben. Ob wohl schon ein Fisch an der Kartoffel schnupperte? Er bückte sich um die Rute anders zu lagern, als ein heftiger Biss an der zweiten Rute ihn bis ins Mark elektrisierte. Schon war er dort und nahm sie in die Hand. – Anhieb! – Nichts. Der schlaue Karpfen war schneller gewesen, und Hermann kurbelte missmutig den blanken Haken wieder heran. Schnell zwei neue Maiskörner auf den Haken, und die Angel wieder an die gleiche Stelle gelegt.

»Vielleicht schenkt mir ja der Weihnachtsmann doch noch einen guten Karpfen«, schoss es ihm durch den Kopf, und Hermann musste über diesen kindischen Einfall grinsen. Weihnachtsmann – pah! Sollten doch die anderen dran glauben, aber er doch nicht.

Hermanns Grinsen erstarb unvermittelt und ein heftiges Frösteln schüttelte seinen mageren Körper. Und wenn nun aber doch ...? Seine Gedanken wirbelten durcheinander wie die tanzenden Schneeflocken. Da! Hörte man da nicht ganz deutlich das leise Schellen von Schlittenglocken? – Quatsch! Doch, da lachte doch jemand mit einem lauten dröhnenden Bass?! – Unsinn, es war absolut nichts zu sehen.

Himmel, die Rute! Langsam, aber stetig lief die Schnur von der Rolle. Hermanns Adamsapfel hüpfte aufgeregt hinter dem Hemdkragen auf und ab, als er die Rute zur Hand nahm und den Schnurfangbügel überklappen ließ. Er setzte den Anhieb, und es war, als zöge jemand mit gleicher Kraft am anderen Ende der Schnur. Die Rute war krumm wie ein Flitzebogen, und die Schnur ratschte noch immer von der Rolle. Die eingebaute Bremse vermochte den Fisch nicht zu halten. Schon hatte er an die fünfzig Meter Schnur genommen, als er plötzlich die Richtung änderte und schnurstracks auf Hermann zuschwamm. Der kurbelte wie ein Besessener die lose Leine heran und hatte gerade wieder Fühlung zu dem Fisch bekommen, als der Karpfen erneut abzog.

Hermann gelang es nicht, ihn zu stoppen. Voller Verzweiflung versuchte er den Fisch unter Kontrolle zu bringen, und es kostete ihn eine halbe Stunde, bis er ihn landen konnte. Hermann war ziemlich erschöpft, als der große Fisch schließlich vor ihm im Schnee lag. Da hörte er wieder diesen dröhnenden Bass. Es war ein gutmütiges, heiteres Lachen, und es war ansteckend. Hermann konnte nicht anders, er lachte mit, bis seine rotgefrorene große Nase wackelte.

Die kurze Abenddämmerung war inzwischen hereingebrochen, und Hermann Klaasen konnte kaum noch die Hand vor Augen sehen, als er endlich sein Gerät auf dem Moped verstaut hatte. Den schweren Karpfen hatte er nur kopfüber in seinen riesigen Rucksack stecken können, so dass seine Schwanzflosse noch oben herausschaute. Hermann hatte Mühe gehabt, das Ganze auf seinen Rücken zu bekommen. Es schneite noch immer, und schon nach zehnminütiger, halsbrecherischer Fahrt über die verschneiten Feldwege sah er aus wie ein Schneemann. Der Kegel des kleinen, schwachen Scheinwerfers irrte durch die weißflirrende Dunkelheit und der schwere Fisch im Rucksack drückte gewaltig im Rücken. Hermann kämpfte sich Meter um Meter durch das Schneegestöber. Schon war er sich nicht mehr sicher, ob er die richtige Richtung hatte, als ihm ein zugewehter, fast einen Meter tiefer Wassergraben sagte, dass es hier nicht weiterginge.

Prustend und fluchend kletterte der pitschnasse Hermann die Böschung wieder hinauf und die Kälte griff nun mit Macht durch die nasse Kleidung. Hermann klapperte mit den Zähnen, doch auch das wärmte ihn nicht. Also fing er an zu laufen, so schnell es der Schnee eben zuließ. Innerhalb kurzer Zeit war seine Kleidung hartgefroren und an seiner großen Nase bildete sich ein Eiszapfen. Er hatte jedes Zeitgefühl verloren. Seine Beine schleppten ihn vorwärts, und nur noch rein mechanisch setzte er einen Fuß vor den anderen. Wenn er wenigstens den schweren Fisch hätte loswerden können, aber der war samt Rucksack an seiner nassen Jacke festgefroren.

Er hätte nicht sagen können, ob er eine oder zwei Stunden gelaufen war, es kam ihm vor wie eine Ewigkeit. Er stolperte den kleinen Gartenweg herauf und lehnte sich schweratmend an die Tür des kleinen Häuschens. Als er auf die Klingel drückte, wurde ihm schwarz vor Augen.

Wohlige Wärme umfing Hermann, als er erwachte. Er schlug die Augen auf und fand sich in warme Decken gehüllt in einem gemütlichen Sessel vor einem prasselnden Kaminfeuer sitzend. Eine Frau in seinem Alter hielt ihm gerade einen steifen Grog vor sein markantes Riechorgan. Sie machte ein besorgtes Gesicht, aber als Hermann seine Lippen spitzte und sein Mund nach der Tasse schnappte, um an das heiße Gebräu zu kommen, lachte sie beruhigt. Genüsslich ließ Hermann das wärmende Getränk durch die Kehle rinnen.

»Haben Sie mich hierher in den Sessel geschleppt?«, krächzte Hermann, und die Frau nickte.

»Seit mein Mann vor Jahren starb, lebe ich hier allein«, erklärte sie und deutete dann hinter sich zur Tür. »In der Küche liegt ihr Karpfen. Ein Prachtexemplar! Petri Heil! Wo haben sie den gefangen?«

Hermann machte ein nachdenkliches Gesicht und atmete einige Male tief durch.

»Sind Sie der Weihnachtsmann?«, fragte er vorsichtig und als die Frau lachend den Kopf schüttelte, verzog er sein stoppelbärtiges Gesicht zu einem charmanten Lächeln und fragte: »Wie auch immer! Können Sie kochen? Kennen Sie Karpfen blau?«

Er fuhr zusammen, als vor dem Haus ein dröhnendes Gelächter ertönte. Ihm war, als hätte er durch das Fenster kurz das Gesicht eines alten, weißbärtigen Mannes, umrahmt von einer roten Kapuze gesehen. Dann hörten beide das Schellen von Schlittenglocken, das sich entfernte und bald im Heulen des Schneesturms unterging.

»Helfen Sie mir in der Küche mit dem Karpfen?«, fragte ihre leise Stimme und Hermann ergriff die Hände, die sich ihm entgegenstreckten.

Weihnachten im Bahnhof

Der kleine Bahnhof, in dem ich einen Teil meiner Kindheit verbrachte, lag in einem kleinen Ort am Deister. Es war kein großes Dorf, aber es besaß außer einem zur damaligen Zeit viel genutzten Bahnhof eine weitere Sehenswürdigkeit: In dem Ort lag ein echtes Rittergut, welches etwa um 1300 erbaut worden war. Vielleicht war es ja auch umgekehrt, etwa in der Art, dass das Rittergut derer von Bennigsen um sich herum ein Dorf besaß, aber im zarten Alter von drei Jahren gehörte das nicht zu den Themen, die mich wirklich interessierten. Mein ganzes Streben ging dahin, zu wachsen und meine Umwelt spielend zu erfassen. Damit und mit allerlei Schabernack, dem Freunde und Verwandte durch meinen Forscherdrang ausgesetzt waren, sah ich mich auch in Gänze ausgelastet.

Es waren herrliche Sommer, damals in den fünfziger Jahren, die wir im Garten einer befreundeten Arztfamilie verbrachten. Ihr riesiges Grundstück lag unserem Bahnhof genau gegenüber und lud uns Kinder zum Spielen ein. Immerhin waren wir zusammen derer sieben, da brauchte man natürlich seinen Raum, sollte das Spiel nicht in Zank und Streit ausarten. Unglaublich spannend waren die Ausflüge auf das Rittergut, auf das uns die Tochter des Hauses, eine Freundin meiner älteren Schwester aus der Schule, gelegentlich einlud. Dann stromerten wir durch den Park des gewaltigen

Anwesens und stöberten in alten Pavillons und Gerätekammern, entdeckten die unheimlichsten Grüfte und Keller, Nischen und Winkel und gruselten uns auf das Schönste, immer in der Vorstellung, dass im nächsten Moment ein alter Ritter, sein Schwert schwingend, aus der Dunkelheit auftauchen könnte.

Nichts jedoch war so schön, wie die Zeit, in der rund um das Dorf die Arbeit auf den Feldern getan war, das Wetter auch allen anderen Arbeitern keine Tätigkeit mehr im Freien gestattete und die Welt sich langsam der beginnenden Winterruhe hingab. Irgendwann begann es zu schneien, dicht an dicht fielen die Flocken vom Himmel und deckten ein weißes Tuch über das ganze Land. Zwanzig, dreißig Zentimeter Neuschnee fielen in einer Nacht und brachten den Verkehr auf den Straßen vorübergehend zum Erliegen. Hochzeit für uns Kinder! Überall, an jeder Ecke, auf jeder Straße, wuchsen die Schneemänner aus dem Nichts. Wo gestern noch ein freies Fleckchen war, stand heute eine Schneehütte nach Eskimo-Art. Es war eine herrliche Zeit, so leise und gemütlich.

Nur in unserer Bahnhofswirtschaft ging es hoch her. Hier trafen sich allabendlich die, denen der Winter zwangsweise eine Arbeitspause verordnet hatte und die nun nichts weiter zu tun hatten, als sich in geselliger Runde die Zeit zu vertreiben. Vater stand wie gewöhnlich im Anzug hinter dem Tresen und zapfte für seine Gäste das Bier, während unsere Mutter in der Küche für das leibliche Wohl der Gäste sorgte. Es waren stets die gleichen Rituale, denn es waren auch stets dieselben Gäste. Manchmal war es schon nicht leicht, sie des Nachts zur Sperrstunde aus der Wirtschaft zu komplimentieren. Wohin sollten sie denn auch? Nach Hause? Wo war das? Auf den abseits gelegenen Höfen, wo weder Frau noch Kind auf sie warteten? Wo sie nur die stumpfsinnige Ödnis ihrer leeren Kammer empfing?

Nein, dann doch lieber hier in der warmen, freundlichen Gaststube im Bahnhof sitzen, mit Freunden lachen und es sich gut gehen lassen. Und doch, stets dann, wenn es am Schönsten ist, sollte man gehen. So sagt ein altes Sprichwort. Doch nichts hinderte einen daran, am nächsten Tag wiederzukommen um sich ein wenig geborgen und wohl zu fühlen.

Selbst am Heiligen Abend war die Gaststube geöffnet und erstrahlte im weihnachtlichen Glanz. Die Schänke war geschmückt mit Tannengrün, Lametta und brennenden Kerzen, und die Wirtsleute machten es ihren Gästen in der Schankstube schön heimelig. An diesem Abend waren die Zecher nicht ganz so laut, die Stimmung wohl feierlich, aber auch gedrückt. Noch war der Krieg nicht vergessen, der in viele Familien so schrecklich große Lücken gerissen hatte und die Einsamkeit einzelner war an diesem Abend mehr als greifbar. Konnte man diesen Menschen die Tür vor der Nase verschließen? Sie aussperren und ihnen das Gefühl von Weihnachten vorenthalten?

Im ganzen Haus stieg die Spannung. Bei uns Kindern sowieso, denn durften wir sicher sein, dass unsere guten Taten im vergangenen Jahr die bösen so weit überstiegen, dass wir vom Weihnachtsmann mit einem Geschenk bedacht wurden? Mancher von uns hoffte inständig, der alte Mann im roten Mantel möge seine Brille verlegt haben, wenn er in seinem großen Buch nach den Einträgen schaute.

In dem Clubzimmer, neben der Schankstube gelegen und eigentlich den Vereinen für ihre Sitzungen vorbehalten, stand zum Fest der große Weihnachtsbaum, dessen Spitze stets bis zur Decke reichte. Silbernes Lametta hing von den Zweigen und spiegelte das Licht der Wachskerzen derart, dass der ganze Baum, wie mit einem goldenen Schimmer überzogen, ein mildes Licht verbreitete. Ein Strahlen und Leuchten ging von ihm aus, das die Augen nicht blendete, aber tief im Herzen ein Feuer entfachte und der Seele wohlige Wärme spendete.

Mit großen Augen traten wir ein, bebend vor Erwartung, und bestaunten den Weihnachtsbaum, der geschmückt war mit dem silbernen Lametta, goldenen und roten Christbaumkugeln und vielen Süßigkeiten, die uns von den Zweigen her anlachten. Mit leisem Kratzen begann der Plattenspieler »Vom Himmel hoch ...« zu spielen und alle fingen an zu singen. Niemand von uns bekam mit, was sich vorn in der Schankstube abspielte.

Still war es dort geworden, als das Weihnachtslied ertönte. Lang reckten sich die Hälse und die Augen versuchten, durch die angelehnte Tür zum Flur einen Blick in den Clubraum zu erhaschen. Taschentücher versuchten, tränenüberströmte Wangen zu trocknen. Alle Gäste waren aufgestanden und drängten sich vor dem Tresen, hinter dem die Tür in ein für sie unerreichbares Weihnachtsland führte.

Mein Vater machte eine einladende Kopfbewegung, legte aber gleichzeitig seinen Finger auf die Lippen. Leise, auf Zehenspitzen, tappten erwachsene Männer hinter die Theke, peinlich genau darauf bedacht, kein Geräusch zu machen, das diesen heiligen Moment zerstören konnte. Leise schwang die Tür in unserem Rücken auf, während wir mit leuchtenden Augen vor dem Baum standen und wie hypnotisiert auf die darunter liegenden Geschenke schauten. Und genauso verzückt standen unsere Gäste in der offenen Tür hinter uns und wagten kaum zu atmen. Erst, als das Lied verklungen war und wir Kinder mit glühenden Gesichtern unsere Geschenke erhalten hatten, schob mein Vater die ganze Gesellschaft mit sanftem Druck wieder hinaus und schloss leise die Tür.

Draußen fiel sacht der Schnee vom Himmel und machte die Nacht hell und freundlich. Und wer ein feines Gehör hatte, der konnte das leise Schellen von Schlittenglocken vernehmen, das irgendwo vom Himmel her kam und scheinbar von Haus zu Haus wanderte, einen Moment verhielt, um dann zum nächsten schneebedeckten Dach weiterzureisen.

Der erste Schnee

Kalt geworden sind die Nächte,
es regieren des Winters Mächte.
Aus der Wolken grauem Gefieder
fallen Flocken leis hernieder,
und die Welt, sie ziehet dann
ein winterweißes Kleid sich an.

Schnee muss sein zur Winterzeit,
denn dann freuen sich die Leut,
die an Santa Claus schon denken,
wie sollte der den Schlitten lenken?
Wenn Schnee ist auf der Landebahn,
landet weich der Weihnachtsmann.

Wenn Flocken tanzen in der Luft,
es die Kinder aus den Häusern ruft.
Schneemann bauen und, habt acht,
los geht die erste Schneeballschlacht.
Und wenn's bis Weihnachten nicht taut,
wird im Garten 'ne Schneehütte gebaut.

Im Weihnachtsland

Es war wie in jedem Jahr. Der Nachmittag verging quälend langsam, und Dini und Sammy langweilten sich. Eben erst hatten sie zu Mittag gegessen, Mama spülte das Geschirr und Papa lief mit wichtigem Gesicht hin und her. Gerade eben rannte er die Treppe hinab um einen Moment später mit einer Säge und einem Beil wieder in die Wohnung zu stürmen.

»Wollen wir wetten?«, fragte Nadine ihre jüngere Schwester Samantha. »Der Weihnachtsbaum passt mal wieder nicht in den Ständer! Und jetzt macht er sich daran, Mama den neuen Teppich zu versauen!«

»Sie wird begeistert sein und nachher kriegen wir wieder die Schuld«, stimmte Sammy ihrer Schwester zu. Ganz offensichtlich hatte sie keine Lust, diese Wette anzunehmen. Gelangweilt schaute sie aus dem Fenster.

»Oh, schau mal! Es schneit!«

»Und so doll! Draußen ist ja schon alles weiß!«

Die Begeisterung der beiden kannte keine Grenzen, als sie das dichte Flockengestöber vor dem Fenster sahen. Ausnahmsweise einmal waren sich die zwei Mädchen einig, griffen zu ihren Jacken, schlüpften in die Stiefel und nach einem kurzen: »Wir sind draußen!«, knallte die Wohnungstür hinter ihnen ins Schloss. Es war herrlich! Ganz große

Flocken wirbelten heran, und die Kinder versuchten, sie mit weit aufgerissenen Mündern aufzufangen.

»Für eine Schneeballschlacht reicht es noch nicht«, stellte Nadine mit einem bedauernden Blick auf Sammy fest. »Aber warte! Morgen bist du dran!«

»Kannst du eigentlich schon ein Gedicht? Oder sagst du wieder das vom letzten Jahr?«, fragte die kleinere Schwester.

»Wozu ein Gedicht? Für den alten, verkleideten Mann, der nachher kommt? Ich sage dir, der kann die ganzen Verse nicht mehr hören!«

»Dini!«, sagte Samantha erschrocken. »Das ist kein verkleideter Mann, das ist doch der Weihnachtsmann! Wenn du kein Gedicht sagst, bekommst du keine Geschenke! Und ich dann vielleicht auch nicht, weil du so frech bist!«

Sie verzog das Gesicht.

»Ich will aber Geschenke!«, heulte sie los, und Dini klopfte ihr auf die Schulter.

»Du bekommst ja auch welche. Und ich auch. Ich habe sie in Mamas Kleiderschrank gesehen. Also, keine Panik! Aber nur, dass du es weißt, einen Weihnachtsmann gibt es nicht. Das ist nur eine Erfindung der Erwachsenen, um uns Kindern Angst zu machen!«

Sammy hörte vor Schreck auf zu heulen.

»Das ist nicht wahr«, sagte sie leise. »Es gibt den Weihnachtsmann, du wirst schon sehen. Gut, er kann nicht überall sein, darum schickt er manchmal seine Gehilfen, die sich so anziehen wie er. Aber man weiß nie, ob es einer seiner Gesellen ist, oder er selber vor dir sitzt! Pass nur auf!«

Die beiden Mädchen hatten das Grundstück verlassen und standen nun vor dem Haus. Auf dem Gehweg keuchte ein alter Mann heran, der schwer an einem prall gefüllten Sack schleppte. Kurz vor den beiden sausten ihm auf dem schneeglatten Belag des Bürgersteiges die Beine unter dem Hintern weg und mit einem lauten: »Sapperlot!« plumpste er auf den Rücken.

»Uih! Der Weihnachtsmann!«, flüsterte Sammy und erhielt dafür einen Klaps von ihrer Schwester.

»Nie und nimmer! Das ist der alte Penner, der drüben im Wohnblock haust«, behauptete die, aber Sammy stapfte schon zu dem Alten hinüber.

»Können wir Ihnen helfen?«, fragte das Mädchen und streckte seine Arme aus um den bärtigen Mann in dem alten, verschmutzten Mantel auf die Beine zu ziehen.

»Oh! Hihi! Das ist aber nett!«, freute der sich und krabbelte erst auf alle Viere, um sich dann an Sammy und Nadine, die inzwischen dazugekommen war, ganz aufzurichten.

»Zwei so nette kleine Krabben wollen mir tatsächlich helfen, meinen schweren Sack bis nach Hause zu tragen? Ganz reizend. Vielen Dank, meine Damen! Hihi!«, kicherte der eigenartige Geselle wieder und deutete auf den großen, prall gefüllten Jutesack.

»Was ist da drin?«, wollte Sammy wissen, und wieder lachte der Mann.

»Kohlen! Was denn sonst?«, fragte er und stürzte damit Samantha in die völlige Verwirrung. War das wirklich der Weihnachtsmann? Diese hohe Stimme, und er war so schmutzig und roch auch nicht gut. Der verfilzte Bart und überhaupt ...! Also, war das nun der Weihnachtsmann oder nicht?

Nadine hatte einen Schlitten geholt. Zusammen luden sie das Gepäckstück auf und zogen es hinter sich her bis zur Haustür des Wohnblocks, in dem der Alte wohnte. Der nahm den Sack vom Schlitten, griff in seine Manteltasche und zog etwas hervor. Er bedankte sich kichernd und drückte Nadine ein kugelförmiges Ding in die Hand, wünschte ein frohes Weihnachtsfest und verschwand im Haus. Die beiden Mädchen schauten sich verwirrt an und blickten auf das Geschenk des alten Mannes. Es war eine Schneekugel, und wenn man hineinschaute, sah man eine Winterlandschaft über die ein von Rentieren gezogener Schlitten fuhr. Doch der Schlitten war leer, niemand saß in ihm. Während die beiden Mädchen noch das Innere der Schneekugel betrachteten, fühlten sie sich auf einmal sehr eigenartig. Richtig schwindelig wurde ihnen, alles um sie herum fing an sich zu drehen, und dann ging alles ganz schnell. Sie merkten, wie sie immer kleiner wurden, so als schrumpften sie in sich zusammen. Als sie ganz winzig waren, zog eine unwiderstehliche Kraft sie in die Schneekugel hinein. Sie purzelten in den leeren Schlitten, der sich in Bewegung setzte. Die Rentiere fingen an zu laufen, dann hob der Schlitten ab wie ein Flugzeug und brauste mit den beiden Mädchen davon. Unter ihnen die weiße, winterliche Erde, über ihnen ein sternenklarer Himmel, blieb den beiden Mädchen nichts Anderes übrig, als sich still zu verhalten und abzuwarten.

Ängstlich klammerten sie sich aneinander fest, bis sich in der Dunkelheit vor ihnen ein helles Licht zeigte, auf das die Rentiere zielsicher zusteuerten. Die beiden Mädchen waren erleichtert, als der Schlitten auf einem freien Platz inmitten eines winterlichen Dorfs landete. Neugierig schauten sie sich um und stellten fest, dass hier alles kunterbunt war und es sehr hektisch zuging. Aus hell erleuchteten Türen wurden Unmengen von Paketen und Päckchen getragen und in Schlitten verladen, die vor den Häusern warteten. Eine Unzahl von Weihnachtsmännern stand bereit, und in jeden beladenen Schlitten stieg einer von ihnen ein und machte sich auf den Weg. Vor einem der Häuser stand ein sehr großer Mann mit weißem Bart und rotem Mantel.

»Schneller, meine treuen Helfer! Schneller!«, rief er mit dröhnender Bassstimme. »Die Nacht ist kurz und die Welt sehr groß! Die Kinder warten auf euch!«

Sammy und Nadine klammerten sich erneut aneinander, als sie unvermittelt wieder das eigenartige Schwindelgefühl bekamen. Plötzlich standen sie in einer Fabrik, in der auf einem Laufband viele Kuchen und Plätzchen an ihnen vorüberzogen. Leckere Baumkringel aus Schokolade, Marzipan und kleine Schokoladenweihnachtsmänner purzelten zusammen mit den Kuchen in Säcke, die sofort von bunt gekleideten Wichtelmännern zusammengeschnürt und ebenfalls auf Rentierschlitten verladen wurden. In einer Ecke war es ganz dunkel, und schwarze Staubwölkchen stoben durch die Luft. Was immer dort in die Säcke verladen wurde polterte laut, wenn es in sie hineinfiel.

»Kohlen!«, schoss es Nadine durch den Kopf. »Dort wird Kohle in die Säcke gefüllt!«

Ein paar Wichtel liefen umher und schleppten Reisigbündel davon. Das mussten die Ruten sein, also war hier die Abteilung für die bösen Kinder.

Erneut begann es, sich vor den Augen der Mädchen rasend schnell zu drehen. Als sie wieder alles klar sehen konnten, befanden sie sich in ihrem Rentierschlitten, und wie auf Kommando liefen die Tiere los. Immer schneller wurden sie, bis sie sich in die Luft schwangen und am Himmel davonbrausten. Es wurde noch dunkler, und ein Wind kam auf, der die beiden Mädchen aus dem fliegenden Schlitten hob und zur Erde hinab schweben ließ. Dann wurde es hell um die Mädchen, und Nadine und Sammy schauten sich erstaunt um. Die beiden saßen wie vorher auf ihrem kleinen Schlitten vor dem Haus des alten Mannes. Sie schauten sich an und starrten dann verwirrt auf die Schneekugel, die Nadine noch kurz zuvor in den Händen gehalten hatte. Sie war fort. Dafür lag jetzt ein großer Apfel mit leuchtend roten Apfelbäckchen in Dinis Hand.

»Uiii!«, staunte Sammy und Nadine steckte den Apfel in ihre Manteltasche. Schweigend nahmen sie sich an den Händen und trabten zurück nach Hause. Ohne ein Wort trugen sie den Schlitten in die Garage und gingen hinauf in die Wohnung. Irgendwie war beiden nicht nach reden zumute.

»Spielen wir noch was?« fragte Sammy, aber Nadine schüttelte energisch den Kopf.

»Auf keinen Fall!«, meinte sie. »Ich glaube, ich muss wohl doch noch ein Weihnachtsgedicht lernen! Natürlich nur so, für alle Fälle!«

Und Sammy nickte.

»Besser ist das!«, murmelte sie.

Der Vegesacker Junge und der Weihnachtsbaum

Jan Kiekut trabte mit hochgeschlagenem Jackenkragen durch das Örtchen. Auf seiner Pudelmütze bildete sich ein weißes Häubchen aus Schnee. Wie leergefegt waren die Straßen und Gassen Vegesacks und in den Häuserfenstern leuchteten die Windlichter, die man zur Feier des Tages dort hingestellt hatte. Es war Heiliger Abend.

Während nun alle Familien in den Stuben zusammensaßen und Kerzen oder Öllampen die Gesichter der Menschen mit ihrem flackernden Licht erhellten, trieb es Jan vor die Tür, hinaus in die winterliche Kälte und den Schnee. Hätte ihn jetzt jemand gefragt, was er denn wohl bei dem Wetter draußen zu suchen hätte, er hätte keine Antwort gewusst. Die innere Unruhe, die ihn trieb, hätte er nicht erklären können. So trugen ihn seine Füße durch den winterweißen Ort, dorthin, wo er sich bei besserem Wetter immer aufzuhalten pflegte, zum Utkiek.

Er sah sich um. Schnee bedeckte die weite Eisfläche der Weser. Die gesamte Schifffahrt ruhte. Keiner der hölzernen Schiffsrümpfe war in der Lage, sich seinen Weg durch das Eis zu bahnen. Nachdenklich blickte er zurück auf die erleuchteten Fenster der Häuser und Katen, als ein leises Glockengeläut ihn zum Himmel aufschauen ließ. Irgendetwas war dort oben, jedoch verbarg die Dunkelheit das geheimnisvolle Treiben am Himmel. Das helle Klingen der

Glocken war jetzt verstummt. Dafür ertönte vom Dach eines nahegelegenen Hauses ein verhaltenes Poltern und Rumoren. Eine tiefe Bassstimme fing an leise zu fluchen. Neugierig ging Jan Kiekut zu dem Haus hinüber und legte den Kopf in den Nacken.

Voller Verwunderung starrte er auf den alten, weißbärtigen Mann im roten Mantel, der ganz offensichtlich mit seinem dicken Bauch im Kaminschlot festsaß.

»Donnerwetter, noch mal!«, dröhnte der Bass. »Und das mir ...! Hatte meine Marie doch recht, als sie sagte, ich wäre wohl über den Sommer ein wenig runder geworden. Hallo, Jungchen, du da unten! Klapp den Unterkiefer hoch und zieh mich aus dem verdammten Schornstein raus, bevor meine untere Hälfte geräuchert wird.«

Jan Kiekut kannte sein Vegesack wie seine Hosentasche und wusste, wo er schnell eine lange Leiter auftreiben konnte. Keuchend schleppte er das schwere Ding heran und stellte sie ans Dach. Vorsichtig robbte er auf dem schneebedeckten First zum Schornstein hinüber.

»Sag mal, Alterchen! Wer bist denn du, und was treibst du hier auf dem Dach?«

Jan hatte beschlossen, der merkwürdigen Angelegenheit auf den Grund zu gehen. Bevor der Alte ihm nicht haarklein erklärt hatte, was hier vor sich ging, würde er keinen Finger rühren um den Weißbart aus dem Schlot zu ziehen.

Der allerdings stimmte erst mal ein Gelächter an, dass sein mächtiger Bauch arg ins Wackeln kam und große Putzbrocken vom Schornstein herabrieselten.

»Hohoho!«, dröhnte der Alte. »Hast du Naseweis noch nichts vom Weihnachtsmann gehört? Das bin ich! Ich bringe den artigen Kindern Geschenke zum Weihnachtsfest. Äpfel, Nüsse, Gebäck. Und manchmal vollbringe ich auch kleine Wunder!«

Jetzt war es an Jan Kiekut sich vor Lachen auszuschütten.

»Ja, wenn es denn so ist, bist du wirklich der Weihnachtsmann. Schließlich ist es schon ein Wunder, dass du dir nicht selber helfen kannst! Hahaha, ich ... – oha, verfl...!«

Jan hatte durch sein Lachen den Halt verloren und ruderte mit den Armen in der Luft herum. Seine Füße sausten vom First und in seiner Not griff er nach dem Erstbesten, was er zu fassen kriegen konnte, und das war ein mächtiger weißer Bart! Der Alte, der am anderen Ende des Bartes hing, brüllte auf, bekam nun aber mächtig das Übergewicht und mit einem Laut, als ziehe man einen Korken aus einer Flasche, löste er sich aus dem Schornstein. Beide kugelten vom Dach, purzelten auf den Pferdestall und rollten elegant über dessen Dachkante mitten hinein in einen großen, dampfenden Misthaufen.

Benommen rappelten sich die beiden auf und befühlten ihre ramponierten Knochen.

»Na, Gott sei Dank! Alles heil geblieben! Söhnchen, ich danke dir für deine Hilfe. Zum Dank schenke ich dir etwas ganz Besonderes. Schau dorthin!«

Der Alte wies zum Havenhaus hinüber, wo eine große, alte Tanne ihre mächtigen, dunklen Zweige ausstreckte. Jan Kiekut wandte den Kopf und schloss im nächsten Moment geblendet die Augen. In strahlend hellem Glanz stand der Baum in einer Lichterpracht, wie der Junge sie noch nie vorher gesehen hatte. Unzählige Kerzenlichter tauchten den Platz rundherum in einen milden Glanz. Goldene und silberne Kugeln aus hauchdünnem Glas brachen das Licht und ließen den Baum strahlen. Äpfel, Nüsse und Gebäck hingen in den Zweigen. Jan drehte sich um, wollte dem Alten danken, obwohl er sicher kaum einen Ton herausgebracht hätte. Aber der Platz, an dem der Weihnachtsmann noch eben gestanden hatte, war leer. Dafür ertönte jetzt wieder das Klingen der Schlittenschellen und das dröhnende Gelächter des Alten. Es entfernte sich schnell und war verklungen, noch ehe sich eine schwere Hand auf die Schulter des Jungen legte. Neben Jan stand der Pfarrer, und aus allen Häusern kamen die Bewohner Vegesacks und versammelten sich vor dem Baum.

Andächtig standen sie und staunten über das Wunder, dessen Licht die Dunkelheit erhellte wie einst der Stern zu Bethlehem.

Advent

Wenn am Kranz das Licht hell brennt,
lasset uns feiern den Advent,
was auf gut Deutsch »Ankunft« heißt
und das Kommen Christi preist.

Von Freude soll die Rede sein,
von Liebe und vom Glücklichsein.
Vom Licht, das uns das Herz erhellt,
wenn's dunkel ist in unserer Welt.

Wenn Winters Kälte um sich greift,
Trauer in den Seelen reift,
dann kann für uns ein Trost schon sein
der Kerzen heller Lichterschein.

Sie wärmen uns innen, sie spenden uns Licht,
so kümmert uns ein harter Winter nicht.
Wenn Schneeflocken fallen, Eisblumen blühen,
vor Freude unsere Herzen glühen.

Denn was in winterklarer Nacht
der Herrgott hat im Stall vollbracht,
soll Menschen auf der Welt vereinen
in Frieden und Freude, nicht im Weinen.

Voll Glück und Hoffnung seine Botschaft ist,
voll Liebe und Freude, wenn ein Mensch du bist,
in dem ein helles Lichtlein brennt,
im ganzen Jahr, nicht nur im Advent.

Die kleine Weihnachtstanne

Die Winterstürme waren über die Tannenschonung hinweggebraust und hatten die jungen Bäume ordentlich durchgepustet und zerzaust. Mit jedem Tag wurde es kälter und die ersten Schneeflocken tanzten durch die Luft. Ganz sanft setzten sie sich auf die Äste und Zweige der Tannen, und der grüne Wald zog sich ein weißes Winterkleid an. In einer Schonung standen die Nordmann-Tannen, im Nachbarschlag die jungen Fichten. Sie alle sollten in den Tagen vor dem Heiligen Christfest eine besondere Ehrung erfahren. Viele Menschen kamen und wählten sich ein Bäumchen aus, dass sie mit nach Hause nehmen und zum Weihnachtsfest feierlich schmücken wollten. Die Waldarbeiter durchtrennten dann mit einigen schnellen Sägeschnitten den Stamm und Kinder, Mütter und Väter trugen den Baum stolz und voller Vorfreude nach Hause.

Voller Vorfreude war auch eine der jungen Nordmann-Tannen, denn schon als man sie noch ganz klein als Setzling in den Boden pflanzte, hatte einer der Waldarbeiter gesagt: »So, du Winzling. Nun wachs mal schön, damit Du ein stattlicher Weihnachtsbaum wirst.« Ein Weihnachtsbaum – oh ja, das wollte die kleine Tanne wohl gerne werden. Sie stellte es sich so schön vor, geschmückt mit bunten Glaskugeln, Kerzen und Lametta am Weihnachtsabend in hellem Glanz zu erstrahlen, die Menschen zu erfreuen und das Licht bis in den hintersten Winkel ihrer Herzen zu tragen. Alles zu Ehren eines kleinen Kindes, welches vor langer Zeit in dieser Nacht geboren wurde.

So sehr sie sich auch reckte und ihre Zweige den Menschen entgegenstreckte, alle liefen an ihr vorbei. Einmal blieb ein kleines Mädchen stehen, schaute die kleine Tanne an und murmelte: »Uiii! Bist du schön. Dich würde ich gerne mitnehmen!«

Doch die Eltern nahmen die Kleine an die Hand und zogen sie davon.

»Nicht die!«, hörte die junge Tanne den Vater sagen. »Das ist doch ein total verkrüppeltes Bäumchen, so etwas Hässliches nimmt man nicht.«

Die kleine Tanne neigte den Wipfel und schaute traurig an sich herab.

»Hässlich? Ich bin hässlich?«, ging es ihr durch den Kopf. Na gut, es gab Bäumchen um sie herum, die mehr Leibesfülle hatten und gerader gewachsen waren als sie. Doch was sollte sie machen? Sollte der Rehbock, der vor einiger Zeit durch den Schonungszaun gebrochen war und an ihr geknabbert hatte, doch mehr Schaden angerichtet haben, als das Bäumchen gedacht hatte? Die Tanne betrachtete die Löcher in ihren Zweigen, die der Rehbock hineingefressen hatte, und die zu einem sehr ungleichmäßigen Wuchs geführt hatten. Nein, ein gerade gewachsenes und hübsches Bäumchen war sie wirklich nicht.

»Schade! Ich wäre so gern ein Weihnachtsbaum geworden!«, seufzte sie und ließ enttäuscht ihre Zweige hängen.

Es wurde kälter und der Schnee, der nachts fiel, blieb liegen und setzte allen Bäumchen lustige Mützchen auf. Die Menschen kamen und gingen, alle nahmen einen Baum mit, und um die kleine Nordmann-Tanne wurde es ganz licht im Gehölz. Bald hatte sie keinen einzigen Nachbarn mehr, mit dem sie sich in den einsamen Nächten unterhalten konnte. Die Schonung war bis auf diesen einen Baum kahl geschlagen. Das Bäumchen war vollkommen niedergeschlagen. Es weinte kleine Tränen aus Harz, die an seinem krummen Stamm ein Stück herabliefen, um dann in der Kälte zu erstarren. Nicht so sehr die Tatsache, dass sie anders aussah als die anderen Bäume, machte die kleine Tanne traurig. Aber war sie deshalb weniger wert? So viel weniger, dass sie nicht einmal zum Weihnachtsbaum taugte?

Es war wieder ganz still geworden im Wald. Einsam stand der kleine Tannenbaum als einziges Bäumchen weit und breit noch an seinem Platz. Es begann bereits zu dunkeln, und der kleinen Nordmann-Tanne war so elend ums Herz, dass sie beinahe laut geweint hätte. Doch niemand war da, der es gehört hätte. Mutterseelenallein stand sie in dem kahlen, verschneiten Schlag und kam sich ganz verloren vor.

Plötzlich trat aus dem Dunkel des Waldes ein Hirsch mit seinen Kühen hervor. Er sicherte nach allen Seiten und trat dann ganz heraus auf die freie Fläche. Ein Rudel Wildschweine näherte sich ebenso vorsichtig und ihm folgten Füchse, Kaninchen, Hasen, Rebhühner, Rehe und Fasane. Alles, was nicht im Winterschlaf war, versammelte sich bei der kleinen Tanne.

»Was wollt ihr?«, fragte sie betrübt. »Habt auch ihr noch ein wenig Spott für mich übrig?«

»Pst!«, machte der Hirsch, der König des Waldes. »Warte es ab, es ist dein Abend!«

Er sah die traurig hängenden Zweige des Bäumchens, stupste es freundlich mit seinem Geweih an und meinte: »He! Lass dich nicht so hängen. Du bist auserkoren! Freue dich doch!«

»Auserkoren? Wollt ihr mich zur Krüppelkiefer des Jahres wählen?«, fragte die kleine Nordmann-Tanne unwillig.

»Blödsinn! Du wirst einer der Bäume sein, der dem Weihnachtsmann heute Abend den Weg weist. Du wirst leuchten, für ihn und für uns!«

Der Hirsch hatte kaum ausgesprochen, als ein eigenartiges Schimmern die kleine Tanne einhüllte. Das Leuchten wurde intensiver, und bald strahlte der Baum so hell, dass alle Tiere geblendet die Augen schließen mussten. Überall am Baum hingen Kristalle, die zusammen mit dem Schnee auf den Zweigen das Leuchten der Lichter so verstärkte, dass der Weihnachtsmann dieses Lichtsignal nicht übersehen konnte. Er würde in dieser Nacht sicher den richtigen Weg zu den Kindern dieser Welt finden. Dafür war nun gesorgt. Die Tiere blieben bis zum nächsten Morgen bei dem strahlenden Bäumchen und feierten das Christfest auf ihre Weise. Die kleine Tanne war überglücklich, doch noch stand ihr Ungewisses bevor.

Im Frühjahr kamen die Waldarbeiter wieder um den Schlag für die Neuanpflanzung vorzubereiten. Und gerade der Mensch, der das Bäumchen gepflanzt hatte, kam erneut auf die Tanne zu.

»Nanu! Du stehst noch hier ganz allein herum? Du soll-
test eigentlich weg sein! Was mache ich nur mit dir? Auf
deinen Platz sollen neue Bäume gepflanzt werden«, brummte der Mann und kratzte sich am Kopf. Dann winkte er den
Bagger heran und ließ ihn ganz behutsam zufassen. Mitsamt
dem Wurzelballen hob die Maschine den Baum aus dem
Erdreich, trug ihn zum Waldrand und setzte ihn dort ebenso vorsichtig wieder in den Boden.

»Hier kannst du wachsen und groß werden!«, sagte der
Mann und ging davon.

»Und vielleicht im nächsten Winter wieder leuchten!«,
hoffte das Bäumchen.

Weihnachten der Schiffe

»Sag mal, Papa! Feiern Schiffe eigentlich auch Weihnachten?«

Erstaunt schaute ich herunter auf den kleinen Zwerg an meiner Seite, der eingemummelt in eine dick gefütterte Winterjacke, neben mir durch den Schnee stapfte. Schon lange hatte ich es mir zur Angewohnheit gemacht, am Tag vor dem Heiligen Abend nochmals zu der Halle zu fahren, in welcher die Boote der Vereinsfreunde in stiller Winterruhe lagen. Es hatte etwas Besonderes, durch die stillen Gänge und Winkel zwischen den Booten zu schlendern, die kalten Leiber der Schiffe durch den Stoff der Handschuhe zu spüren und in Gedanken mit ihnen auf große Fahrt zu gehen.

»Weihnachten? Hm! Ja, sicher werden die Boote auch Weihnachten feiern. Allerdings ganz anders, als die Menschen!«

»Und wie machen die das? Die haben doch gar keinen Tannenbaum, und Plätzchen können sie auch nicht backen? Ich glaube nicht, dass das eine schöne Feier ist, Papa!«

Lachend schloss ich die Halle auf und wir schlüpften hinein in das stille Halbdunkel, in dem die Schiffe auf ihren Winterwagen lagen und auf die Ausfahrten der nächsten Saison warteten.

»Ach, Töchterlein! Woher willst du denn das wissen? Nur weil es anders ist, wird es nicht schlechter sein als unser Weihnachtsfest.«

»Und wie ist es? Hast du es schon mal erlebt?«

Ich hob den Zwerg hoch und stellte ihn auf das Deck unseres kleinen Kajütbootes. Wir krabbelten unter die Persenning und schauten hinaus. Wenn man die Augen schloss, konnte man noch die sanften Bewegungen des auf den Wellen schaukelnden Bootes spüren, obwohl das Boot lange auf dem Trockenen lag. Claudia kuschelte sich an mich.

»Kommt hier etwa auch der Weihnachtsmann?«, wollte sie wissen. »Und was bringt der den Booten?«

»Vielleicht bringt er den Segelschiffen neue Segel, weil die alten im letzten Sturm zerrissen sind? Und die Motorboote kriegen eine neue Schraube oder einen neuen Luftfilter für den Motor? Ich weiß nicht, was Schiffe bekommen, Maus! Aber ich weiß, dass sie ein schönes Weihnachtsfest haben!«

»Und woher willst du das wissen?«

Ihre kindliche Neugier war geweckt und ihre wachen Augen blitzten mich auffordernd an.

»Na gut!«, seufzte ich. »Also, pass auf! Es war vor langer Zeit, noch lange bevor du geboren wurdest. Da fuhr ich einmal an einem Heiligen Abend nachmittags hierher und setzte mich, genau wie wir beide das jetzt tun, auf unser Boot. Ich ließ meine Gedanken zurückgehen in das letzte Jahr und stellte mir noch einmal vor, wo ich überall gewesen bin. Es war genau so kalt wie heute, und ich hatte mich in eine warme Decke eingewickelt. Sie war ganz weich und warm und weil ich in den letzten Tagen noch viel gearbeitet hatte, wurde ich schrecklich müde. Bevor ich mich versah, war ich eingeschlafen und träumte, wie unsere DODI mich bei herrlichem Sonnenschein sanft über die glatte See trug, wie die Möwen laut schreiend um mich herumflogen und die warmen Sonnenstrahlen mich streichelten.«

»Und dann, Papa? Was passierte dann?«

»Dann bin ich wohl von der Bank geplumpst, denn als ich wach wurde, saß ich auf dem Fußboden und um mich herum war es schon ganz dunkel geworden. Ich hatte ja am Nachmittag noch kein Licht gebraucht, und so musste ich mich jetzt in der Dunkelheit vorsichtig von Bord tasten. Behutsam kletterte ich also am Boot herab und stand etwas später auf dem Hallenboden zwischen den Schiffen. Doch was war das? Plötzlich war ein leises Wispern in der Halle, als flüsterten tausend Stimmen miteinander. Ich blieb ganz still stehen, wagte nicht, mich zu rühren. Und das Flüstern wurde lauter und bald konnte ich einige Worte verstehen.«

»Holland! So, so meine Beste! In Holland waren Sie ganz. Ist das nicht ein bisschen weit für so ein kleines Schiff?«

»Wie, kleines Schiff? Sie sind man knapp zwei Meter länger als ich, Gnädigste, und dafür ist Ihre Taille etwas voller als bei mir. Und wo sind Sie gewesen?«

»Unverschämtheit! Ich bin ja auch ein Dickschiff. Und ein seegängiges Segelschiff dazu. Ich brauche nicht durch die Kanäle nach Holland zu fahren. Ich kann richtig auf die See hinaus. Bis nach Helgoland, wenn es sein muss!«

»Wenn es sein muss! Habt ihr das gehört? Wenn es sein muss! Hahaha! Sie sind wohl nur in der Wesermündung rumgekreuzt, wie? Immer um Rote Sand herum, was?«

»Darf ich auch mal was sagen?«, meldete sich eine ganz kleine Jolle zu Wort, und als alle anderen erstaunt schwiegen, räusperte sie sich und sprudelte dann hervor: »Also ich war an der Ostsee und bin bis zum Kieler Leuchtturm gesegelt. Ist das nicht toll?«

»Toll? Was ist daran toll?«, wollte ein nobler Kajütkreuzer wissen. »Die paar Seemeilen reiße ich vorm Frühstück ab. Du hättest ruhig die wenigen Meilen bis Dänemark auch noch machen können, Feigling!«

»Vielleicht wachse ich ja noch, und dann fahre ich mit dir um die Wette, du Snob! Und dann hast du nichts zu lachen! Versprochen!«, schnaubte die Jolle empört.

»Pst! Seid mal ruhig! Habt ihr das auch gehört? Da ist doch was!«

Ich hielt die Luft an und wagte nicht mich zu bewegen. Was würde geschehen, wenn sie mich bemerkten? Es war jetzt so still, dass man hätte hören können, wie eine Feder zu Boden fällt.

Da war plötzlich ein leises Seufzen zu hören, welches ganz hinten aus der letzten Ecke der Halle kam. Dort hinten lag ein ziemlich altes Schiff, der Leib nicht aus modernem Kunststoff, sondern aus altem, verbeultem Stahl. Die Masten waren nicht aus hochwertigem Aluminium, sondern aus Holz und schon an einigen Ecken ganz abgesplittert und rau. Alles in allem, und darüber war sich die Schar der Boote einig, mehr ein Fall für die Abwrackwerft, als für den Segelsport.

»Ich sage euch, ihr wisst nichts!«, seufzte der alte Segler und ließ gehörig seine Spanten knacken. »Kieler Leuchtturm, Rote Sand, Helgoland! Ganz schön, das alles! Aber habt ihr schon mal das glasklare Wasser der Karibik gesehen? Gefühlt, wie Delphine unter euch dahin flitzen und mit ihren Flossen eure Bäuche kitzeln? Habt ihr unter euch noch in zwanzig Metern Tiefe die majestätischen Rochen gesehen, wie sie durch das Wasser schweben? Habt ihr schon mal, weit draußen auf dem Atlantik in sternenklarer Nacht dem Gesang der Wale gelauscht? Nein? Dann wisst ihr nichts!«

»Frido!«, flüsterte die kleine Jolle. »Hast du schon einmal das Kreuz des Südens gesehen?«

Wieder seufzte der alte, rostige Kasten in seiner Ecke.

»Das habe ich, weiß Gott! Das habe ich!«

»Und?«, wollte die kleine Jolle aufgeregt wissen. »Wie sieht es aus?«

»Diamanten! Leuchtende, funkelnde Diamanten auf einem blauschwarzen Samtkissen! Warte, ich werde es dir zeigen!«

An der Hallendecke erschien plötzlich ein leuchtender Nebelfleck, das Dach schien zur Seite zu gleiten und gewährte den Blick hinauf zu den Sternen. Doch es waren nicht die Sterne, wie man sie von hier aus sah. Es waren die Sterne, die über dem Äquator standen, und sie leuchteten in einer Pracht, dass ich geblendet die Augen schloss. Ein Sternbild kam ganz nah heran und ein Raunen und Flüstern ging durch die Halle.

Das Kreuz des Südens, Inbegriff aller Sehnsüchte der Menschheit. Traum aller Seefahrer und vielleicht auch aller Schiffe.

»Und jetzt zeige ich euch noch etwas! Etwas ganz Tolles!«, knirschte der rostige Frido. Und der Sternenhimmel wechselte sein Bild. Ein einzelner, strahlend heller Stern schwebte heran. Der Polarstern! Gleißend hell strahlte sein Licht in die Dunkelheit der Halle hinein, um nach einer Weile ganz langsam zu verblassen.

Es war wieder dunkel in der riesigen, kalten Lagerhalle, in der die Boote vom Sommer träumten, und ich tastete mich durch die Finsternis zur Tür. Was für ein Abend!

Claudia wickelte sich aufgeregt aus der Decke, die ich uns während der Geschichte umgeschlungen hatte. Ihre Wangen glühten.

»Und was ist aus Frido geworden? Hier liegt doch gar kein Schiff, das so aussieht!«

»Frido und sein Kapitän sind im nächsten Jahr ausgelaufen. Man sagt, sie wollten über den Atlantik nach Mittelamerika. Niemand hat sie je wiedergesehen oder von Ihnen gehört!«

Wir krabbelten aus dem Schiff und kletterten von Bord. Draußen empfing uns eine weiße Winterlandschaft, und am frostklaren Himmel stand ein gleißend heller Stern, der sein Licht in voller Pracht durch die Dunkelheit erstrahlen ließ.

Nikolaustag

Dieser Tag schaut nicht so aus,
als wär er wie jeder Tag im Jahr.
Heute kommt der Nikolaus,
die Braven freuen sich, das ist klar.

Die bösen aber, Mädchen und Buben,
wissen schon, was er ihnen beschert.
Sie zittern schon in ihren Stuben,
wissen, da lief irgendwas verkehrt.

Wollen dann im nächsten Jahr,
wenn möglich, brave Kinder sein.
Lieber artig, anstatt frech, fürwahr,
schwören sie laut Stein und Bein.

Ob's gelingt? Na, man wird sehen,
wenn in der nächsten Weihnachtszeit,
Nikolaus wird vor der Türe stehen.
Was hält er dann für sie bereit?

Äpfel, Nuss und Mandelkern,
mit Schokolad' und Marzipan.
So hätten es alle Kinder gern,
egal, ob sie gut oder böse war'n.

Der Nikolaus schaut in sein Buch,
denn darin steht es geschrieben,
ob er bei guten Kindern zu Besuch,
sonst wär die Rute hier geblieben.

Na, ganz so eng sieht er es nicht,
kleine Fehler kann er verzeihen.
Sagt man ihm auf ein kleines Gedicht,
wird's meistens schon in Ordnung sein.

Sankt Nikolaus lässt Milde walten,
bei den Jungen und den Alten,
denn auch er hat schon gesehen,
manches kann auch mal danebengehen.

Nur ein Weihnachtsgeschenk

»Und an was hattet ihr gedacht?«, erkundigte sich der Ladeninhaber des Angelshops und strahlte meine beiden Mädels freundlich an.

»Tja, äh, so genau wissen wir das auch nicht. Wir hatten eigentlich gehofft, dass sie uns so ein bisschen fachmännisch beraten können.«

Der treuherzige Blick meiner besseren Hälfte ließ ihn dahin schmelzen wie Butter in der Sonne. Es war Dezember, und wie jedes Jahr stand ganz überraschend Weihnachten vor der Tür. Damit stellte sich wie gewohnt die übliche, alljährliche Frage, was man seinen Lieben zum Feste denn wohl schenken solle.

»Kein Problem, dafür bin ich ja da, und all die herrlichen Sachen, die ihr hier seht, könnten theoretisch für Ihren Mann als Geschenk in Frage kommen. Was kann er denn brauchen? Eine neue Rute? Rolle? Kescher? Hier hab ich was ganz tolles, eine Schleuder, mit der man Fischfutter zum Anfüttern weit hinaus schießen kann. Echt toll, nicht? Oder vielleicht einen Räucherofen? Ich hätte hier ein ganz stabiles Exemplar. Aus Nirosta-Stahl! Geht im Leben nicht kaputt.«

Ein Blick auf das Preisschild sagte meinem treusorgenden Eheweibe, dass das nicht das richtige Geschenk war, und angesichts der erdrückenden Auswahl in Jürgens kleinem Kellerladen überkamen sie gewisse Zweifel, ob die Idee von Tochter Claudia wirklich so gut gewesen war.

»Lass uns doch einfach mal hingehen, vielleicht sehen wir ja etwas, das er gebrauchen kann.«

Ja, meine Tochter geht an die Dinge immer mit einer gewaltigen Portion Optimismus heran. Nichtsdestoweniger sank die Stimmung meines holden Weibes unaufhaltsam dem Nullpunkt entgegen. Sooo schwer hatte sie sich das nicht vorgestellt.

Urplötzlich ging ein Leuchten über ihr Gesicht und ihre Miene hellte sich deutlich auf.

»Unterwäsche! Mein Mann braucht Unterwäsche für Angler. So richtig schön mollig warme Sachen. Die kann er dann auch mal auf dem Boot anziehen, wenn er im Frühjahr mit den Otterndorfer Seglern auf Herrentour geht.«

»Toll, Mama! Dir fällt doch immer was ein!«, freute sich Claudi und war froh, den ihr unheimlichen Laden bald wieder verlassen zu können. Überall hingen an den Wänden präparierte Hechtköpfe und starrten mit glasigem Blick auf sie herab. Dort, wo keine Fischköpfe hingen, strotzten die Wände vor Mordwerkzeugen der grausamsten Art. Alleine bei dem Gedanken, auf wie viele verschiedene Arten man die armen, unschuldigen Fische unter grässlichsten Qualen fangen und abmurksen konnte, beschlich sie ein unheimliches Gefühl.

Ladeninhaber Jürgen hatte einige Stücke aus seiner Wäschekollektion aus dem Regal gezogen und präsentierte nun den

Damen die Unaussprechlichen.

»Schick!«, entfuhr es meiner besseren Hälfte ganz spontan und sie betrachtete voller Abscheu die in modischem Waidmannsgrün gehaltenen Wäschestücke. Selbst die Augen meiner Tochter hatten sich bei dem Anblick vor Entsetzen geweitet.

»Du weißt, dass ich mit Papas Fischmeuchelei nicht einverstanden bin, aber ich glaube, d a s können wir ihm nicht antun. Das ist doch kein bisschen sexy, Mama. Willst du denn immer, wenn Papa sich auszieht, Lachkrämpfe bekommen?«

»Ja, gut, es ist vielleicht nicht gerade Haute Couture, aber auf so etwas legen wir Angler auch wenig wert. Hauptsache, die Klamotten halten warm«, versuchte Jürgen eine schwache Rechtfertigung. Allerdings fing er noch beim Sprechen an, die Sachen wieder ins Regal zu packen. »Ein paar Gummistiefel? Ich habe hier ganz phantastische Watstiefel, mit angeschweißter Latzträgerhose. Darin eingearbeitet ist eine Rettungsweste, die sich automatisch aufbläst, wenn der Angler ins Wasser fällt.«

Hörte sich nicht schlecht an, waren meine beiden doch immer besorgt, mir könnte am Wasser etwas zustoßen. Allerdings konnten sie sich unter einer Wathose nun gar nichts vorstellen und Jürgen blieb nichts weiter übrig, als sich selber in die Gummihose zu zwängen, damit die beiden eine Kaufentscheidung treffen konnten.

Nun, wie soll ich sagen? Jürgen war figürlich das, was man in Bayern unter einem »gstandenen Maaansbuid« versteht, und wenn man der süddeutschen Lebensweisheit: »Hast du Wamperl, hast du Ansehen!« Glauben schenken darf, so war Jürgen im Ort einer der angesehensten Bürger. So standen dem Armen dicke Schweißperlen auf der Stirn, als er endlich den letzten Druckknopf geschlossen hatte und wie ein überdimensionaler, gelber Briefkasten aussah. Meine beiden gingen grübelnd um ihn herum, bis Claudia schließlich meinte: »Sieht gut aus, Mama. Ich glaub, das wäre was für Papa. Allerdings ist diese Hose schon kaputt, guck mal, da hängt hinten schon was heraus.«

»Och!«, keuchte Jürgen. »Das wird wohl so'n Reklamezettel sein, den reiß mal ab, ich komm da hinten nicht ran.«

Hilfsbereit, wie meine beiden nun mal sind, ließen sie sich nicht lange bitten. Frei nach dem Motto »Dem Manne kann geholfen werden« zog Claudia kräftig an dem Fädchen, während meine bessere Hälfte Jürgen stützte, damit er nicht das Übergewicht bekam.

»Plopp!«, machte es und dann »Pfffffffffffff!«.

Die im Brustbereich eingearbeitete Schwimmweste blies sich ruckartig auf und nahm Jürgen die so dringend benötigte Atemluft. Jürgen lief blau an, geriet ins Wanken und stolperte trudelnd durch den Laden. Ein Ständer mit erstklassigen Teleskopruten, der ihm im Weg war, wurde zu Kleinholz verarbeitet, als er nach etwas suchte, an das er sich anlehnen konnte. Als nächstes musste das Becken mit den Köderfischen daran glauben. Die Scheiben hielten dem Ansturm des Räucherofens, den Jürgen mit einem

Rudern seiner kräftigen Arme zum Kippen gebracht hatte, einfach nicht Stand und gaben klirrend nach. Wohl dreißig Rotaugen und kleine Brassen ergossen sich zusammen mit 400 Litern Wasser auf den Boden. Meine beiden retteten sich mit einem sportlichen Sprung auf die Ladentheke vor dem Tod durch Ertrinken. Jürgen war dabei weniger in Gefahr, er trug ja die Rettungsweste. Ein halber Kubikmeter Wasser kann schon ganz schön verheerend wirken, und so geriet auch der große Kühlschrank, in welchem Jürgen eimerweise Maden, Mehl- und Regenwürmer sowie anderes ekliges Getier frisch hielt, ins Wanken und kippte um. Die Tür des Schrankes flog auf und der Inhalt der Eimer mischte sich mit den 400 Litern Wasser und den Köderfischen auf dem Fußboden zu einer ekligen Masse.

Mit sattem Knall explodierte die Rettungsweste, als Jürgen gegen das Regal mit den Pilkern schlidderte und sich riesige Drillingshaken in die Gummihaut bohrten. Die so dringend benötigte Luft strömte heulend in Jürgens gemarterte Lungen und verschaffte dem Unglücksraben Erleichterung. Noch mehr Erleichterung verschaffte es ihm, als er zusammen mit der Luft beim Ausatmen seinen ganzen Frust herausschreien konnte.

»Waaaaaaaah!«, ertönte es in einer Lautstärke, welche die Männer der benachbarten Feuerwache augenblicklich auf ihre Fahrzeuge aufsitzen ließ. Große Verwirrung herrschte dort, als man sich darüber klar wurde, dass es in der heutigen Zeit keinen Feueralarm mehr über Sirene gab.

»Ich glaube kaum, dass wir ihm beim Aufräumen helfen können«, flüsterte meine Tochter und schaute beeindruckt auf das Chaos, welches im Laden herrschte.

»Ich glaube kaum, dass er uns beim Aufräumen helfen lässt!«, flüsterte meine mir Angetraute und war nicht weniger beeindruckt.

»Taktischer Rückzug?«, fragte Claudia leise und schielte zum Ausgang.

Meine bessere Hälfte schüttelte den Kopf.

»Eiligste Flucht!«, ordnete sie an. Wie auf Kommando sprangen beide vom Tresen und spurteten zur Tür.

»Wir kommen demnächst noch mal vorbei!«, rief mein holdes Weib über die Schulter zurück und sah nicht mehr, wie Jürgen schluchzend auf die Knie sank.

»Petrus!«, jammerte er. »Verschone mich! Was habe ich getan, dass du mich so strafst?«

Da er ja sein Sündenregister selbst am besten kannte, erwartete er nicht wirklich eine Antwort auf diese Frage. Und so bekam er auch keine von Petrus, der oben an seinem Himmelsfernrohr stand und weise lächelte.

Weihnachten unter Palmen

Das hatte Paps sich wieder fein ausgedacht. Eine große Überraschung sollte es zu Weihnachten geben, und Mami, Chrissie und ich freuten uns schon insgeheim auf den Flug nach Hause. Weihnachten im Schnee, bei klirrender Kälte, Frost und einem leuchtenden Weihnachtsbaum in der warmen Stube, das war es, was wir uns unter einer großen Überraschung vorstellten.

Seit drei Jahren segelten wir nun schon auf den Weltmeeren umher, und Paps fand es einfach toll. Warmes, glasklares Wasser, winzige Inseln mit Palmen und weißen Stränden, Nahrung aus dem Meer, unabhängig sein und segeln, wohin man will. Das war Paps' Vorstellung von einem schönen Leben. Und seine Vorstellung von einer großen Weihnachtsüberraschung war demzufolge auch gar nicht so sehr weit davon entfernt: Heiligabend auf der Weihnachtsinsel, na, wenn das keine freudige Überraschung war.

So hatte er von Jarvis Island aus den Kurs direkt auf Kiritimati gesetzt, ein Atoll im Zentralpazifik, das der britische Seefahrer und Weltumsegler James Cook am 25. Dezember 1777 entdeckt und deshalb Weihnachtsinsel genannt haben soll. Paps war ein guter Seemann und war die rund 500 km in einem Stück gesegelt.

Wir hatten mit der ›Esmeralda‹ über Nacht in der ›Bucht der fliegenden Fische‹ an der Nordseite der Insel geankert, um am Morgen in den kleinen Hafen einzulaufen. Die Stimmung an Bord war nicht gut, denn Chrissie hatte in ihrem ganzen Leben noch nie Schnee oder einen Weihnachtsbaum gesehen. Sie kannte das alles nur aus unseren

Erzählungen und zog daher eine Schnute. Mom war ebenfalls sauer und redete nicht mit Paps, und ich war so sehr mit meiner Flaschenpost beschäftigt, dass ich es nicht mitbekam, als unser Kapitän das Segelboot verließ.

»Chrissie will endlich Schnee sehen!«, bettelte meine kleine Schwester und Mami nahm sie in den Arm und strich ihr liebevoll über die langen blonden Haare.

»Ich auch, mein Schatz!«, seufzte sie. »Ich auch!«

Ich besah mein Werk verstohlen und war zufrieden. Wenn es einen Weihnachtsmann gab, dann würde dieser Brief, den ich in einer Flasche abschicken wollte, den Weg zum Nordpol finden. Ich hoffte nur, dass er nicht auch so lange für den Weg benötigen würde, wie unser Segelschiff. Ich steckte das Papier mit meinem Wunschzettel, auf dem ich unser Segelboot gemalt hatte, in die Flasche. Auf dem Boot hatte ich am Heck einen grünen Tannenbaum gemalt, denn ich konnte mich noch schwach daran erinnern, wie so einer aussah. Über unserem Boot schwebte eine dicke Wolke, aus der es große weiße Flocken schneite. Das war ein Bild, das man gar nicht missverstehen konnte.

Der Weihnachtsmann musste wissen, was ich mir wünschte. Ich steckte den Korken auf die Flasche und warf meinen »Briefumschlag« ins Meer. Gedankenverloren schaute ich zu, wie die Strömung ihn davontrug. Nach einiger Zeit verlor ich die auf den Wellen tanzende Flasche aus den Augen und wandte mich wieder Mom und Chrissie zu.

»Ob der Weihnachtsmann diese Insel überhaupt kennt? Vielleicht hat er sie nicht einmal auf seinem Weltatlas?«, fragte ich Mami besorgt, aber die schüttelte lachend den Kopf.

»Macht euch keine Sorgen!«, versprach sie. »Der Weihnachtsmann kennt jeden kleinen Flecken auf der Erde und jeden Winkel, in dem sich ein paar so kleine und süße Mäuse wie ihr verstecken. Er wird uns auch hier finden und euch die Geschenke bringen.«

Ach ja, Geschenke. Das größte Geschenk, das er mir machen könnte, wäre, dass wir wieder nach Hause fahren. Ob die Kinder aus der Nachbarschaft wohl inzwischen zur Schule gehen mussten? Papa und Mom bemühten sich zwar, mir Lesen und Schreiben und Rechnen beizubringen, aber so ganz allein ohne andere Kinder war es einfach langweilig. Ich würde so gern in die Schule gehen. Dann hätte ich meinen Wunschzettel auch schreiben können, anstatt ihn zu malen.

Nach einer ganzen Weile kam Paps gutgelaunt wieder an Bord. Er hatte frische Ananas dabei und leckeres Fladenbrot. Und er zwinkerte geheimnisvoll mit einem Auge.

»Ihr ratet nicht, wen ich getroffen habe!«, verkündete er dann. »Und morgen am Heiligen Abend wird er nur für euch ein kleines Wunder vollbringen.«

»Den Weihnachtsmann?«, fragte Chrissie ehrfürchtig und machte ganz große Augen. Mom und ich guckten wohl etwas skeptisch, aber Paps nickte nur wortlos.

Wie verbringt man die Zeit bis zum Eintreffen eines kleinen Wunders? Ich hatte keine Ahnung, aber irgendwie verrann der Tag ganz von selbst. Chrissie und ich tauchten um die

Wette, und ich schaffte es, ein paar Muscheln von der Kaimauer zu lösen. Mami würde sie kochen und heute Abend zum Weihnachtsessen servieren. Die Sonne versank im Westen im Meer, und die kurze Abenddämmerung brach herein, als an der Hafenmole ein dunkelhäutiger Mann erschien, sich suchend umschaute und dann auf unser Boot zukam. Papa wurde ganz unruhig und sprang an Land. Aufgeregt lief er dem Mann entgegen. Die beiden sprachen Englisch zusammen, aber das hatte ich inzwischen gelernt und konnte darum gut verstehen, um was es ging.

»Was ist los, Mann?«, fragte Papa ihn. »Sie sollten mit ihrem Helikopter schon lange in der Luft sein, um über unserer ›Esmeralda‹ den ›Kunstschnee‹ abzuwerfen, den ich per Luftfracht habe anliefern lassen!«

Der fremde Mann schien sehr traurig zu sein, und er breitete hilflos die Arme aus.

»Es tut mir sehr leid, Käpten! Aber der Hubschrauber will nicht anspringen. Ich kann den Fehler nicht finden und werde morgen den ganzen Motor auseinander nehmen müssen. Es tut mir wirklich leid! Ich hätte den Auftrag gerne für Sie und Ihre Familie erledigt«, antwortete der Pilot leise. Er schaute zu uns herüber.

»Ich bin sicher, Ihre beiden kleinen Mädchen hätten sich sehr über diese Überraschung gefreut! Hier haben Sie ihr Geld zurück. Fröhliche Weihnachten, Mann!«

Er drückte meinem Vater den vereinbarten Lohn für den Flug in die Hand, den der schon im Voraus hatte zahlen müssen und wandte sich zum Gehen.

Im selben Moment gingen die wenigen Hafenlaternen aus und es wurde stockdunkel. Ein eiskalter Windhauch brauste vom Meer heran und ließ uns frösteln. Von ferne drang ein helles Klingen durch die Nacht und im leisen Heulen des Windes wurde es lauter und lauter und dann vernahmen wir ein dröhnendes Lachen.

»Schlittenglocken!«, murmelte Mami. »Das sind doch Schlittenglocken!«

Und dann setzte ein Schneetreiben ein, wie ich es noch nie gesehen hatte. Ganz dicht wirbelten die kalten weißen Flocken aus der Dunkelheit heran, setzten sich überall nieder und legten einen hellen Glanz auf die gute alte ›Esmeralda‹ und den Hafenkai, wo Paps und der Pilot mit offenem Mund standen und das unerwartete Naturschauspiel verfolgten.

»Uiii!«, staunte Chrissie und versuchte, so wie ich es ihr erzählt hatte, die Schneeflocken mit dem Mund aufzufangen. Auf Mamis Haar bildete sich eine kleine weiße Mütze aus Schnee und sie lachte und formte einen kleinen Schneeball, den sie Paps zuwarf. Der Ball traf ihn mitten ins Gesicht.

»Hoho!«, tönte ein lautes Lachen vom Himmel. »Fröhliche Weihnachten, Esmeralda und gute Heimkehr!«

Und dann wurde das Läuten der Schlittenglocken immer leiser, bevor es schließlich in der Ferne verklang. Am Heck des Schiffes, dort wo sonst die Fahne im Flaggenstock steckt, wurde es hell und ein kleiner bunt geschmückter Weihnachtsbaum erschien. In seinen Zweigen verteilt brannten flackernd einige Talglichter und verbreiteten in der schneehellen Umgebung einen Glanz, dass ich geblendet die Augen schloss. Versonnen standen wir vor dem leuchtenden Weihnachtsbaum am Schiffsheck und betrachteten das Flackern der Kerzen. Dann hörte der kalte Wind auf zu blasen, es schneite auch nicht mehr, und die vertraute Wärme der tropischen Nächte kehrte zurück.

»Wenn wir Kurs auf Panama nehmen und dann immer Nordost halten, müssten wir zum nächsten Weihnachtsfest zu Hause sein«, murmelte Paps und wir alle fanden, dass er ein guter Kapitän war.

Winternase

Ich drücke mir die Nase platt
an des Fensters kalter Scheibe.
Das Glas wird nass und auch ganz glatt,
wo ich die Eisblumen von ihm reibe.

Vom Himmel fallen große Flocken,
kleiden die Welt in samtiges Weiß.
Nach draußen wollen sie mich locken,
zum Schlittschuhlaufen auf das Eis.

Mit Flocken wirbeln durch die Weite,
auf zugefrorenem, eisigen See.
Durch weiße Winterpracht ich gleite,
falle lachend in den Schnee.

Oh, winterweiße Flockenpracht,
wie lieb ich dich so sehr.
Die Freude, die du mir gebracht,
ward jährlich immer mehr.

Sorgenvolle Seelenlast
wirbelst du mit hinfort.
Plötzlich bin ich, so scheint es fast,
an einem anderen Ort.

So denk ich an die Kinderzeit,
die schon so lange her.
Und immer, wenn's im Winter schneit,
wünsch ich sie wieder her.

Ich drücke mir die Nase platt
an des Fensters kalter Scheibe.
Das Doppelglas wird nur noch matt,
wenn ich die Nase an ihm reibe.

Allegra, das Karussellpferd

»Es ist wunderschön«, dachte Paul und zog die letzten Schrauben fest. Sein Karussell war fertig. Es stand auf dem Weihnachtsmarkt im Ort und stahl allen anderen die Show. Die Kinder drängten um das Fahrgeschäft herum, bestaunten die Fahrzeuge und konnten es kaum erwarten, dass die erste Fahrt freigegeben würde. Doch sie mussten sich noch gedulden, denn der Weihnachtsmarkt würde erst morgen eröffnet werden. Heute wurde noch überall geschraubt und die Dekoration vervollständigt. Die Budenbesitzer räumten ihre Weihnachtswaren ein, und es duftete bereits nach Lebkuchen und den leckeren Kräuterbonbons.

Paul blickte in die leuchtenden Kinderaugen. Die Jungen standen bei dem Schneepflug, der Feuerwehr und dem Helikopter, bei denen viele kleine Lampen blinkten. Die Mädchen fanden das Einhorn wunderschön, den weißen Schwan und natürlich Allegra, das weiße Karussellpferd mit den roten und goldenen Bändern an Sattel und Zaumzeug. Wenn man Paul fragte, welches wohl das schönste Fahrzeug seines Karussells war, so zeigte er mit leuchtenden Augen auf Allegra. Das Pferd bewegte sich während seiner Runden anmutig auf und ab, eine Mechanik sorgte dafür, dass es den Kindern im Sattel vorkam, als säßen sie auf einem echten Pferd und nicht auf einem aus Holz.

Paul bürstete dem Holzpferd sorgfältig die blonde Mähne und den Schweif. Langsam wurde es dunkel, der Abend brach an und die Kinder gingen nach Hause, um in der Nacht von dem Karussell zu träumen.
    »Nun, Allegra, wie gefällst du dir?«, fragte Paul.

»Du hast meine Frisur wieder einmal wunderbar hinbekommen«, freute sich die weiße Stute und schaute aus den Augenwinkeln in die Spiegel, die an der Mittelsäule befestigt waren. »Ich kann es kaum erwarten, dass die Kinder in den Sattel steigen und es wieder losgeht.«

Paul lachte und strich dem Pferd über die Nüstern.

»Ich freue mich, wenn du zufrieden bist«, meinte er.

»Zufrieden?«, fragte das Karussellpferd. »Du weißt, wann ich wirklich zufrieden wäre. Wenn ich einmal in meinem Leben den Schlitten vom Weihnachtsmann ziehen dürfte. Das wäre wunderbar.«

Paul trat einen Schritt zurück und sah auf den Weihnachtsmannschlitten, der von zwei Rentieren gezogen wurde und hinter Allegra auf der Plattform fuhr. Er dachte nach und sagte dann: »Gut, für das nächste Jahr lasse ich mir etwas einfallen. Dann spanne ich dich vor den Schlitten und für die Rentiere überlege ich mir etwas anderes.«

Allegra lachte leise, schnaubte dann und ließ ein kleines Wiehern hören.

»Das ist zwar lieb von dir, aber es ist nicht das, was ich meine. Ich möchte wirklich und wahrhaftig den Schlitten von Santa Claus ziehen. Es muss wundervoll sein, über einen nächtlichen Sternenhimmel zu galoppieren, unter sich die Lichter der Städte zu sehen und zu wissen, dass in fast jedem Haus ein Kind auf seine Geschenke wartet.«

»Träume sind Schäume, kleines Spielzeugpferd«, lächelte Paul. Er zog die Plane um das Karussell herum und löschte die Lichter. In seinem Wohnwagen machte er es sich gemütlich. Hier würde er die nächsten 24 Tage bis zum Heiligabend verbringen, tagsüber die Kinder auf seinen Karussellfiguren fahren lassen, dazu Weihnachtslieder auflegen und heißen Tee mit Honig trinken, denn das Wetter schien kälter zu werden, es sah schon gewaltig nach Schnee aus.

Es schneite tatsächlich in den nächsten Tagen und es blieb kalt bis Weihnachten. Die Kinder kamen jeden Tag und hatten ihren Spaß am Karussell. Manchmal drückte Paul ein Auge zu und ließ die Kinder fahren, obwohl sie kein Geld mehr hatten. Einige hatten bestimmt ihr ganzes Taschengeld geopfert, um wenigstens einmal am Tag mit ihrem Lieblingsgefährt eine Runde zu drehen. Dann kam der Tag, an dem Paul schon um die Mittagszeit sein Geschäft schloss. Die Menschen strömten hastig durch die Stadt nach Hause, niemand hatte mehr ein Auge für das kleine Karussell.

»Ist es schon wieder so weit?«, fragte Allegra und Paul nickte.

»Heute ist Heiligabend«, sagte er leise und trat zwischen die Tierfiguren und Fahrzeuge seines Karussells. »Ich danke euch allen für eure Treue. Niemand hat Schwierigkeiten gemacht, keiner von euch ist kaputtgegangen, wir hatten alle eine tolle Zeit. Wir sehen uns morgen wieder, dann wird abgebaut.«

Es wurde still, als Paul gegangen war. Auch vom Weihnachtsmarkt her drangen kaum noch Geräusche herein, einige Schausteller hatten bereits den Platz verlassen und so wurde es Abend. In den Häusern ringsumher wurden die

Lichter an den Tannenbäumen eingeschaltet, und die Kirchenglocken riefen die Menschen zum Weihnachtsgottesdienst.

Unerwartet wurde die Plane ein Stück weit aufgezogen und ein Mann in einem roten Mantel trat ein. Er schaute sich kurz um, sah Allegra und meinte: »Ah, da ist sie ja, die kleine Glücksprinzessin.«

Er hob seine Hand und Allegra hörte, wie die Metallbolzen ihrer Halterung zu Boden fielen. Sie fürchtete schon, dass sie umfallen würde, doch sie kam auf ihre vier Hufe und stand auf ihren eigenen Beinen. Sie drehte erstaunt den Kopf.

»Glücksprinzessin?«, fragte sie und der Weißbärtige lachte dröhnend.

»Ich weiß, dass du heute schon viele Runden gelaufen bist, Allegra. Aber heute Nacht wirst du um die Erde galoppieren. Rudolf Rotnase ist ausgefallen und ich brauche ein Ersatz-Leittier. Na ja, du hattest dir das ja schon immer zugetraut. Nun zeig, ob du das wirklich kannst.«

Er führte Allegra vor das Karussellzelt, wo der Schlitten mit den acht Rentieren wartete. Er stellte Allegra seinen Zugtieren vor und schirrte sie als Leittier an der Spitze an. Allegra platzt fast vor Stolz, doch hatte sie auch ein wenig Angst. Sie hatte noch nie auf eigenen Hufen gestanden, und schon gar nicht war sie je geflogen. Sie tänzelte nervös, und dann gab der Weihnachtsmann das Zeichen.

»Dancer, Dasher, Prancer, Vixen, auf geht's. Comet, Cupid, Donner, Blitz, die Reise beginnt. Hü hott, Allegra, trab an!«

Die kleine weiße Stute fühlte, wie sie ganz leicht wurde und sanft vom Boden emporschwebte. Allegra ließ ein helles Wiehern hören und dann legte sie sich ins Geschirr und zog an. Die Rentiere konnten kaum folgen, so schnell brachte sie den Weihnachtsschlitten auf Tempo und jagte hinauf in den Himmel zwischen die Schäfchenwolken, die der Mond beschien. Übermütig galoppierte sie um die Wölkchen herum und rief ihnen zu: »Mein Traum ist wahr geworden, hurra!«

Es war, wie sie es sich immer vorgestellt hatte. Fast lautlos bewegten sie sich über den nächtlichen Sternenhimmel, sahen unter sich die Lichter der Städte und wussten, dass in fast jedem Haus ein Kind auf seine Geschenke wartete. Und sie lieferten in dieser Nacht jedes noch so kleine Geschenk in der ganzen Welt ab. Noch vor Sonnenaufgang waren sie zurück auf dem menschenleeren Markt und Santa Claus führte Allegra zurück an ihren Platz.

»Du warst ein tolles Zugpferd, kleine Allegra«, lachte er. »Falls du mal etwas anderes machen willst, als immer nur in der Runde zu laufen, sag Bescheid.«

Dann drehte er sich um und verließ das Zelt, zog die Plane zu und Allegra hörte ihn rufen: »Dancer, Dasher, Prancer, Vixen, auf geht's. Comet, Cupid, Donner, Blitz, bringt uns nach Hause!«

Als Paul gegen Mittag zu seinem Karussell kam, fand er alles so vor, wie er es am Tag zuvor verlassen hatte. Allerdings gab es einen kleinen Unterschied, denn um Allegras

Hals hing ein Lebkuchenherz mit der Aufschrift: ›Du bist mein bestes Pferd im Stall‹.

»Ich muss dir was erzählen!«, flüsterte die weiße Stute.

Frostbeulen

Manchmal kam der Winter recht früh, aber in diesem Jahr hatte er bereits vor Weihnachten mit grimmiger Eiseskälte das norddeutsche Flachland praktisch lahmgelegt. Die Weser war mit einer festen Eisdecke überzogen, die sich nur mit der Flut ein wenig hob, um sich etwas später mit der Ebbe wieder zu senken. Das Eis hatte eine solche Dicke erreicht, wie man es bislang nur selten gesehen hatte. Auch der Handelsverkehr zwischen Vegesack und Bremen war zum Erliegen gekommen, denn weder Mensch noch Tier wollten sich ohne äußersten Zwang den Unbilden der Natur aussetzen. So kam, was zwangsläufig kommen musste: allmählich wurden die Lebensmittelvorräte knapp. Auch die Bäcker hatten schon Probleme mit der Beschaffung von Mehl, denn die wassergetriebene Mühle am Schönebecker Schloss hatte ihren Betrieb wegen der Kälte einstellen müssen. Das Mühlrad war im Wasser der Aue eingefroren.

Frischen Fisch gab es nur in ganz begrenzter Zahl, denn das Netzfischen unter dem Eis war beschwerlich und brachte natürlich nicht die Fangmengen, welche die Fischer zur Versorgung ihrer Kunden benötigten. So kam es, dass Hein Petermann, was Jan Kiekut sein Vater war, jedem Kunden, den er ohne Fisch wegschicken musste, den Rat gab, sich mit Angel und Eisbohrer auf die zugefrorene Weser zu begeben, und sich seinen Fisch selbst zu fangen.

Viele taten das. Von Tag zu Tag wuchs die Zahl derer, die sich draußen auf dem Eis ihre Angellöcher bohrten oder hackten, um wenigsten ein paar selbstgefangene Fische zum Weihnachtsmahl zubereiten zu können. Bald wimmelte es auf der Weser von dunklen Punkten und jeder Punkt war ein erbärmlich frierender Angler, der seine Großmutter dafür verkauft hätte, wenn ihm jetzt jemand einen Ofen zum Wärmen neben sein Eisloch gestellt hätte.

Onkel Eberhard, Schankwirt der Havenschänke, hatte mal wieder eine gute Idee gehabt, wie immer, wenn es ums Geld verdienen ging. Es kostete ihn nicht viel Mühe, Jan Kiekut und Kaufmannssohn Emil für sich zu gewinnen. Auf einen selbst gezimmerten Schlitten montierte der plietsche Wirt einen Kübel, den er mit heißem Punsch füllte. Die Jungen zogen mit dem Schlitten hinaus aufs Eis und versorgten die frierenden, halbsteif gefrorenen Angler mit der heißen Labsal.

»Mensch, Kinners! Das ist mal aber ´ne feine Idee!«, freuten sich die dick eingemummelten Petrijünger und zahlten nur zu gerne den Obolus, den der Wirt verlangte. Und mit jeder Runde, die Jan und Emil machten, stieg draußen auf dem Eis auch die Stimmung.

»Wenn ihr das nächste Mal vorbeikommt, bringt ‘nen Ofen mit!«

»Ofen?! Haha! Guter Witz! Aber wenn ich daran denke, wie mir meine Alma nachher ‘nen heißen Stein ins Bett legt, an dem ich mich wieder aufwärmen kann ...!«

»Heißer Stein? Jau, der würde den Frostbeulen an meinen Füßen jetzt auch guttun! He, Jan Kiekut! Hast du keinen heißen Stein im Angebot? Hahaha!«

Heißer Stein? Hmmm!? In Jans Kopf begannen die Gedanken zu kreisen. Na klar, wenn sie es denn so haben wollten, dann sollten sie es auch so kriegen!

Auf dem Herdfeuer in der Havenschänke waren schnell einige mittelprächtige Feldsteine heiß gemacht, die unsere beiden Freunde flugs zu den Anglern aufs Eis brachten. Gegen gutes Geld verschaffte man so den halb erfrorenen Gestalten dort draußen auf dem Eis ein wenig Linderung. Voller Begeisterung riss man den beiden Jungs die heißen Steine aus den Händen.

»Wenn ihr noch zwei nehmt, könnt ihr auch eure Füße dran wärmen!«, schlug der geschäftstüchtige Junge vom Vegesacker Utkiek den Anglern vor. Jan hatte für die Leute immer einen guten Rat parat.

Füße wärmen! Hah! Der Bengel hatte ausgezeichnete Ideen! Einen Stein unter die Jacke, einen unter jeden Fuß! Da konnte sich der Frost bloß noch die Zähne ausbeißen. Oh, wurde es den Leuten auf dem Eis schön mollig warm. Na ja, es war kein billiges Vergnügen gewesen, Jan Kiekut war ein gewiefter Geschäftsmann. Er wusste, dass alle Annehmlichkeiten im Leben ihren Preis hatten, und den hatte er auch kassiert! Die beiden Bengels schlidderten zurück zur Havenschänke um noch eine Ladung Punsch zu holen, und auch dieser volle Kübel fand noch seine Abnehmer. Die Stimmung auf dem Eise hatte wohl ihren Höhepunkt erreicht, als die beiden Jungs sich todmüde den Strand hinauf schleppten.

Onkel Eberhard rieb sich ob des tollen Umsatzes die Hände, ein so gutes Weihnachtsgeschäft hatte er schon lange nicht mehr gehabt. Er entlohnte die beiden Jungen großzügig, wohlwissend, dass es für sie eine ganz schöne Plackerei gewesen war.

Jan und Emil schlichen erschöpft in Richtung heimatliche Gefilde, als vom Fluss her die ersten wütenden Rufe zu hören waren. Scheinbar hatten einige der Eisangler gemerkt, dass ein heißer Stein unter den Füßen nicht nur seine angenehmen Seiten hatte. Ganz sachte hatten diese nämlich das Eis unter sich zum Schmelzen gebracht, waren tiefer und tiefer ins Eis gesunken und hatten die Füße der Leute mitgezogen. Dann war die gespeicherte Wärme verbraucht und die Schuhe und Stiefel froren schnell im winterlichen Eis der Weser fest.

Hei, da ging das Fest erst richtig los! Fluchend und schimpfend versuchten die Angler, sich aus ihrer misslichen Lage zu befreien. Vergeblich, sie steckten im Eis fest. Mancher war unbemerkt bis an die Knöchel eingefroren, bei anderen lösten sich bereits nach kurzem Zerren einfach die Sohlen von den Schuhen und ihre Besitzer standen barfuß auf dem Eis. Hoppla, was konnten die tanzen. Trotz des strengen Frostes wurde ihnen ziemlich heiß – nur eben an den Füßen nicht! Sie machten sich flugs davon, die flehentlichen Hilferufe der anderen festsitzenden Leidensgenossen geflissentlich ignorierend.

Der Havenhauswirt stand am Utkiek und bog sich vor Lachen. Schließlich fasste er sich ein Herz und eine Axt und begab sich auf die winterliche Weser, um die Unglücklichen dort draußen im wahrsten Sinne des Wortes loszueisen. Mit wuchtigen Axthieben befreite er seine Glühweinkundschaft aus ihren eisigen Fesseln, wobei er nicht mit Spott und hämischen Bemerkungen sparte. Es war schon dunkel, als man den letzten der Festgefrorenen schließlich von der winterlichen Weser geborgen hatte. Nur einige aus dem Eis ragende Stiefelschäfte zeugten von dem, was sich hier heute abgespielt hatte. Ein alter Mann mit rotem Mantel und weißem Bart wunderte sich etwas später in seinem fliegenden Schlitten über den Anblick, denn auf der weißen Fläche der erstarrten Weser sahen die Stiefelschäfte aus, wie gen Himmel gerichtete Kanonenrohre.

Heiligabend

Flocken wirbeln weiß heran,
bedecken Haus und Garten schon.
Die Welt zieht sich ein Festkleid an,
um zu ehren Gottes Sohn.

Schlittenglöckchen klingen leise,
durch des Himmels weiße Pracht,
die Weihnachtsmann auf seiner Reise
vom Nordpol her hat mitgebracht.

Aus der Kirche hört man froh
der Menschen festlichen Jubelchor,
und die Töne steigen hoch
in die Heilige Nacht empor.

Aufgeregt sind Mädchen und Jungen,
kommt doch heut der Weihnachtsmann.
Drum haben mit Inbrunst sie gesungen,
auf dass er mit ihnen zufrieden sein kann.

Ob es gereicht hat? Man wird sehen,
ob der Gabentisch gefüllt.
Nur wer faul und böse war,
sich besser wohl in Schweigen hüllt.

Große Geschenke oder kleine Gaben,
auf die Menge kommt's nicht an.
Alle Kinder sollten wissen,
dass man die allergrößte Gabe
nun einmal nicht kaufen kann.

Das Weihnachtsleuchten

Hoch oben im Norden, dort, wo man vor lauter Schnee keinen Erdboden mehr sehen kann und wo keine Pflanzen mehr wachsen, lebt Flöckchen, die Eisblumen-Elfe. Titania, die Königin aller Blumen- und Waldelfen, hatte sie gebeten, dafür zu sorgen, dass dieser öde und kalte Landstrich der Erde nicht ungeschmückt bliebe. So flog die kleine Elfe umher, und hauchte glitzernde Eisblumen an Fensterscheiben und alle glatten Flächen, die sie nur finden konnte. In den endlosen Weiten zauberte sie aus Eis wunderschöne Skulpturen in die weiße Landschaft, die manchmal aussahen wie ein Baum, ein Strauch, eine Rose oder eine Paradiesvogelblume. Die letzte Sorte liebte sie ganz besonders. Auf einer Urlaubsreise in das warme Afrika hatte sie die bunten Blumen lieben gelernt, die aussahen wie ein Vogel. Sie sahen noch immer wunderhübsch aus, wenn Flöckchen die Nachbildungen aus Eis auf langen Stielen in den Schnee steckte.

Flöckchen war sehr fleißig gewesen, und wollte gerade die letzte Eispalme dieses Tages in den Schnee zaubern. Im Winter waren am Nordpol die Tage nicht sehr lang. Es dämmerte bereits, als sie hinter einem kantigen Eisberg ein leises Schluchzen hörte. Neugierig spähte sie um die eisige Ecke herum und sah einen bunt gekleideten Weihnachtswichtel, der weinend im Schnee saß. Flöckchen trat zu ihm heran, streckte ihre Hand nach ihm aus und berührte in leicht an der Wange. Die Träne, die dort herablief, gefror augenblicklich und Flöckchen betrachtete nachdenklich das Gebilde aus Eis auf ihrem Finger.

»Es sieht so aus, als hättest du Sorgen«, stellte sie voller Mitleid fest. Der kleine Elf hob den Kopf und schaute sie an.

»Das kannst du wohl laut sagen. All die Mühen und Plagen des letzten Jahres umsonst. Die ganze Zeit für nichts geschuftet. Keine Geschenke in diesem Jahr. Das Weihnachtsfest fällt aus! Uääääh!« Der Wichtel heulte so laut los, dass Flöckchen erschrak.

Die Gedanken der kleinen Elfe überschlugen sich. Das konnte doch nicht sein, so etwas hatte es noch nie gegeben.

»Es ist ja auch noch nie am Heiligen Abend der Magnet kaputtgegangen, der das Meeresleuchten erzeugt«, erklärte der heulende Wichtel. »Ohne das Meeresleuchten würde sich der Weihnachtsmann in der Dunkelheit über dem Meer verfliegen, und mit seinem Schlitten sonstwo landen, nur nicht bei den Kindern.«

Urplötzlich hörte der kleine Geselle mit der Heulerei auf. Obwohl er als Helfer des Weihnachtsmannes an Kälte gewöhnt war, entfuhr ihm ein gewaltiger Nieser, und er prustete eine Wolke aus glitzerndem Elfenstaub in die Luft. Schnell stieg diese in den abendlichen Himmel auf und begann dort in allen Farben zu leuchten.

»Gesundheit«, wünschte Flöckchen und betrachtete nachdenklich das bunte Lichterspiel am Himmel.

»Kannst du das noch mal machen?«, fragte sie, und der Wichtel nickte. Donnernd entlud sich ein zweiter Nieser und eine weitere Elfenstaubwolke stieg empor und begann ebenfalls zu leuchten.

»Wir Weihnachtselfen können das alle auf Kommando«, näselte der Wicht und trompetete laut in sein Taschentuch.

Flöckchen klatschte lachend in die Hände.

»Das ist ja toll. Aber was noch wichtiger ist, ich habe die Lösung für dein Problem! Schnell, bring mich zum Weihnachtsmann!«

Der Wichtel war vollkommen durcheinander, ergriff dann aber die Hand der Elfe. Gemeinsam ging es in schnellem Flug über die Eisflächen am Nordpol. Das Weihnachtsdorf war hell erleuchtet, doch wo sonst am Heiligen Abend reges Treiben herrschte, war alles wie ausgestorben. Niemand bereitete den Schlitten vor, schirrte die Rentiere an oder lud die Geschenke ein. Alle Wichtel saßen traurig zuhause. Warum nur musste das Meeresleuchten ausgerechnet heute kaputtgehen?

Flöckchen und der Wichtel landeten auf dem Platz vor dem Haus des Weihnachtsmannes, und eilten hinein. Santa Claus hockte traurig in seinem Sessel und jammerte leise vor sich hin. Er schaute nur kurz auf, als die beiden herein hasteten.

»Na? Was habt ihr denn auf dem Herzen? Welch schlechte Nachrichten bringt ihr mir noch?«, fragte er beunruhigt.

»Sie sagt, sie hätte einen Plan, wie wir Weihnachten retten können!«, keuchte der Wichtel und zeigte mit ausgestrecktem Zeigefinger auf Flöckchen. Die haute ihm auf die Pfote und meinte beleidigt: »Das tut man nicht. Man zeigt nicht mit ausgestrecktem Finger auf andere Leute!«

Der Mann in der roten Jacke und mit dem weißen Bart lachte dröhnend. Die Elfe gefiel ihm. Sie schien nicht dumm zu sein.

»Du bist Flöckchen«, stellte er dann fest, setzte sich bequem in seinem Sessel zurück und schaute die zarte Eis-Elfe an. »Erzähl mir deinen Plan. Ich glaube fast, aus deinem schlauen Köpfchen könnte etwas Kluges kommen!«

Flöckchen warf dem Weihnachtswichtel einen vernichtenden Blick zu, wandte sich an den Weihnachtsmann und begann ihm ihre Idee zu erzählen. Andächtig lauschte der Alte dem Plan, mit dem das Elfchen den Weihnachtsabend zu retten gedachte.

»Polarlicht? Hm, nicht schlecht, aber leider leuchtet es nur über dem Nordpol. Es reicht nicht um den ganzen Erdball.« Der bärtige Mann in der roten Jacke breitete hilflos die Arme aus, seufzte tief auf und sank in seinem Sessel zurück.

Flöckchen war noch nicht fertig. Daran hatte sie auch gedacht. Erneut holte sie tief Luft und rief: »Aber, wenn du alle Weihnachtswichtel auf die Ersatz-Renntiere setzt und sie über die Erde fliegen lässt, können sie dir helfen. Sie müssen alle der Reihe nach niesen, vom Nordpol bis zum Südpol. Das Polarlicht wird den Elfenstaub zum Leuchten bringen. Selbst über dem Äquator wird es so hell werden, dass du dich nicht mehr verfliegen kannst.«

»Donnerwetter! Das nenne ich eine tolle Idee! Wichtel! Auf geht's. Spannt die Rentiere an, bringt mir Stiefel und Mantel. Ladet die Geschenke ein, ich bin spät dran!«

Im Nu liefen tausend Wichtel umher und erledigten alles, was man ihnen auftrug. Sie kletterten in die kleineren Schlitten, und ihre Rentiere zogen an. Eine ganze Flotte startete in den abendlichen Himmel über dem tief verschneiten Nordpol.

Es wurde ein denkwürdiges Weihnachtsfest. Rund um den ganzen Erdball ertönte in der nächtlichen Dunkelheit das Niesen der Weihnachtswichtel, und wie Flöckchen vermutet hatte, begann der Elfenstaub im Polarlicht zu leuchten. Sein buntes Feuer war überall auf der Erde zu sehen, und erhellte den Himmel. Wer ganz genau hinschaute, der konnte in dem Farbenspiel den Schatten des Weihnachtsschlittens erkennen, der schnell wie der Blitz über den Himmel huschte, damit in dieser Nacht alle Kinder ihre Geschenke bekamen.

Und dann ist plötzlich Weihnachten

Die Zeit wird immer schnelllebiger. Die Tage rauschen an einem vorüber, kaum hat man sich an den Alltag gewöhnt, ist schon wieder Wochenende. Unfassbar! Wo waren wir eigentlich in diesem Jahr in Urlaub? Ich grüble, aber es fällt mir nicht ein. Ist schon soooo lange her. Und dann, urplötzlich und aus heiterem Himmel, passiert es. Meine bessere Hälfte drückt mir eine zweiseitig eng geschriebene Liste in die Hand, und ich ahne voller Schrecken: Die Einkaufsliste zu Weihnachten.

»Wie lange noch?«, flüstere ich mit belegter Stimme.

»Drei Tage!«, verkündet mein Herzblatt und die Vorfreude auf das Fest leuchtet aus ihren Augen. Ein Stöhnen entringt sich meiner Brust, doch sie nimmt mich in den Arm.

»Keine Panik«, sagt sie sanft und beruhigend. »Wir schenken uns schon seit zehn Jahren nichts mehr!«

Oh, Mann! Gerettet. Ich liebe dieses Teufelsweib.

Kann man denn nicht mal im Fernsehen auf solch ein Ereignis hinweisen? Seit ich irgendwann in der Pubertät aufhörte, zu Nikolaus mit einem Sack singend durch die Geschäfte zu laufen, habe ich jedes Zeitgefühl verloren. Nikolaus war immer so etwas wie ein Voralarm. Aber nun? Man lebt so dahin, die Jahreszeiten unterscheiden sich nicht mehr wirklich voneinander, und dann …, ist plötzlich

Weihnachten. Die Ruhe des Jahres ist dahin, die Welt um einen herum versinkt in operativer Hektik. Man erledigt Einkäufe, als gäbe es nach dem Fest in den Läden nichts mehr zu kaufen. Menschen rufen an, an die man sich kaum noch erinnert oder verstopfen einem den Briefkasten mit nichtssagenden Grußkarten. Merkwürdig, in der Tat. Selbst die noch relativ unreifen Nestflüchter zieht es einmal im Jahr ganz spontan in heimatliche Gefilde zum Sattessen.

»Einmal im Jahr«, so ihr gefräßiger Kommentar, »einmal im Jahr muss es einfach sein.« Zur Bekräftigung ihrer unmäßigen Forderung entfährt ihnen ein lautes Verdauungsgeräusch, das wie tiefes Donnergrollen aus dem vollen Magen kommt und andeutet, dass außer einem süßen Nachtisch nun nichts mehr hineinpassen würde.

Am Nachmittag zuvor hatten sich bereits überraschend Gäste zum Kuchen eingefunden, ja, sogar Leute, bei denen man erst einmal eine Weile über deren Namen nachdenken musste, tauchten auf.

»Ach, Mutter! Du hier? Wie schön!«

»Was hast du gesagt?!«

Mutter ist fast 90 und hört nicht mehr so gut. Obwohl ihr Doktor behauptet, sie höre noch das Gras wachsen, läuft in ihrer Wohnung der Fernseher mit Lautstärke am Anschlag.

»Ich höre noch gut!«, behauptet die alte Dame ebenfalls steif und fest. »Aber, in meinem Alter und mit den heutigen Segnungen der Technik muss ich mich doch nicht anstrengen, um noch besser zu hören!«

»Papa!«, kommt es undeutlich aus dem mit Kuchen vollgestopften Mund meines Ablegers. »Eigentlich hatte ich ein ganz tolles Geschenk für dich ...« Eifrig schiebt die Tochter Kuchen nach, denn man konnte sie schon fast wieder verstehen. »Aber als ich heute Morgen in den Laden kam, war alles schon ausverkauft.«

Pech gehabt. Na, dann eben wieder das übliche Fläschchen Rasierwasser.

Ihre Mutter, meine Frau, dieses mir angeheiratete Naturereignis, hat dagegen das ganze Jahr über gesammelt, und als mein Arbeitszimmer vollgestopft war mit den Weihnachtsgeschenken für unsere Tochter, parkte ich den Wagen in der Einfahrt, um noch den restlichen Platz in der Garage als Lager nutzen zu können.

Ich trage das schmutzige Geschirr in die Küche. »Soll ich dir tragen helfen?«, vernehme ich die Stimme meines eigenen Fleisches und Blutes.

»Um Gottes Willen, bleib sitzen!«, erwidert meine Frau, »Das kann er noch alleine. Sooo alt ist Papa ja nun auch wieder nicht!«

So ist es, Tochter. Ich bin die Arbeit ja auch gewöhnt, und habe Verständnis für die Anstrengungen der Jugend, sich niemals daran gewöhnen zu wollen.

»Wann gibt es Abendessen?«, will Mutter wissen. Sie hat bereits vergessen, dass sie eben Kaffee und Kuchen hatte.

»Ja, und wann stecken wir den Weihnachtsbaum an?«, fragt das Töchterchen eifrig, und ich betrachte sie, als hätte sie zwei Köpfe. Wo hatte sie nur diese pyromane Ader her?

Bei uns wurden schon lange keine Kerzen mehr am Weihnachtsbaum entzündet. Seit wir uns auch weihnachtlich dem Atomzeitalter angeschlossen haben, funktioniert alles elektrisch und auf Knopfdruck, sozusagen.

»Ja, habt ihr denn dieses Jahr gar keinen Baum?«, fragt Mutter erstaunt und schaut durch das Zimmer. Ich hebe nur stumm die Hand und zeige in die Zimmerecke am Fenster. Dort, wo er seit Jahren steht, hat der grüne Plastikgeselle auch dieses Jahr wieder ganz überraschend seinen Platz gefunden.

»Ah! Habt ihr den neu?«, will Mutter wissen. »Der ist aber gut gewachsen!«

Nein, der Baum ist schon etwa 15 Jahre alt, und nadelt kein bisschen. Dafür sind seine Plastiknadeln aber ein wenig staubig. Saubermachen lohnt nicht, schließlich wird er ja nur ein paar Tage im Jahr benutzt. Bevor man den abgestaubt hat, ist Weihnachten vorbei, und er wandert wieder in seinen Karton auf den Dachboden.

»Ach, schalte doch mal die Baumbeleuchtung ein«, fordert mich mein Ehegespons auf. Ich greife zum Schalter der Steckerleiste, drücke ihn, und der Baum explodiert in einem kurzen, aber heftigen Blitz. Wir sitzen im Dunkeln.

»Oh«, sagt Mutter überrascht. »Hat er das im letzten Jahr auch schon gemacht?«

»Kerzen! Kerzen!«, jubelt mein Ableger.

Im Schein einiger Wachslichter sitzen wir an diesem Abend und warten auf den Entstördienst der Stadtwerke. Das Abendessen ist wieder einmal unglaublich lecker, wenn-

gleich die Würstchen zu dem kalten Kartoffelsalat wenigstens ein bisschen heiß hätten sein dürfen. Doch so …, das
Atomzeitalter kann nicht immer nur Gutes bringen.

Eisige Zeiten

Wenn des Nachts der Raureif sinkt
auf die Welt hernieder,
des Frostes eis'ger Hauche bringt
den Winter zu uns, wieder.

Noch leuchten Farben an den Zweigen,
gelb und rot schmückt sich die Welt.
Schon tanzen Blätter im Winde Reigen,
wenn das Laub vom Baume fällt.

Der Sturm fegt heulend durchs Geäst,
zaust Baum und jeden Strauch,
gibt jedem grünen Blatt den Rest
mit seinem kalten Hauch.

Tiere fliehen in den Bau,
legen zum Schlaf sich nieder.
Und ist der Winter noch so rau,
die Erde wärmt die Glieder.

Es wird ganz still auf Gottes Erden,
so ruhig, wie man's kaum kennt.
Alles will ganz leise werden,
nur die Jahreszeit, sie rennt.

Die Welt schlüpft in ein weißes Kleid
aus purem Eiskristall,
bedeckt voll Mitgefühl das Leid
dieser Welt im Weltenall.

In dunkler Nacht erstrahlt ein Stern,
bringt Hoffnung und das Licht.
Der Frühling ist nun nicht mehr fern,
ewig Winter bleibt es nicht.

So lässt doch das fromme Glockengeläut
voll Hoffnung alle Menschen denken,
dass nach der schönen Weihnachtszeit
ein neues Jahr will Gutes schenken.

Die Nixe und der Weihnachmann

Die kleine Meerjungfrau blickte sich ängstlich um. Sie hatte sich verschwommen. Wohin sie auch schaute, alles kam ihr fremd vor. Nicht einen der Fische, die ihr begegneten, kannte sie. Das Wasser wurde dunkler, und wie sie zitternd feststellte, auch immer kälter. Der Gesang der Wale war lange nicht mehr so laut, wie dort, wo sie herkam. Sogar das Meeresleuchten war erloschen. Sie war froh, als sie ein paar Robben erblickte, die neugierig zu ihr hinabtauchten. Sie hielt an, um sie zu begrüßen.

»Hallo! Ich bin Nixie und wer seid ihr?«, fragte sie freundlich. Die Robben waren nicht sehr gesprächig, machten kehrt und schwammen eilig davon.

»Ooooh!«, machte Nixie und senkte traurig den Blick auf den Meeresgrund. Wenn sie doch nur eine Ahnung hätte, wo sie sich befand. In diesem Teil des Meeres war sie noch nie gewesen. Die kleine Sirene kam sich einsam und verlassen vor. Ob sie jemals wieder nach Hause finden würde? Vielleicht konnte sie etwas erkennen, wenn sie auftauchte. Mit kräftigen Schlägen ihrer Schwanzflosse strebte sie nach oben. Gleich würde sie den Himmel sehen, dachte sie, gleich müsste es hell werden.

»Autsch!«, entfuhr es ihr, als sie mit dem Kopf gegen etwas Hartes stieß. Irgendetwas war über ihr, sie konnte es nicht sehen, aber es fühlte sich glatt und furchtbar kalt an. Was es auch war, es wollte sie nicht vorbeilassen. Nixie schwamm eine Weile hin und her, doch wo sie auch aufzutauchen versuchte, überall war dieses kalte Zeug.

»Eis!«, dachte sie. »Das muss Eis sein.«

Sie kannte es nur aus den Erzählungen der älteren Meeresbewohner, die lange Reisen gemacht und die Welt erkundet hatten. Zu gerne wäre sie an die Wasseroberfläche geschwommen, um zu sehen, wo sie war. Vielleicht hätte sie irgendwas gefunden, das ihr den Weg nach Hause hätte deuten können. Ein Schatten schimmerte durch das gefrorene Wasser. Dort oben war etwas. Sie sah einen langen Gegenstand auf dem Eis stehen, und davor bewegten sich Lebewesen. Ein leises Klopfen drang an ihre Ohren, so, als trappelten viele Füße auf der kalten Oberfläche. Ganz dicht schwamm sie an das kalte Zeugs heran, um besser hindurchsehen zu können. Doch da war plötzlich kein Eis mehr. Inmitten der weiten, milchigen Schicht war ein Loch, das ihr nicht aufgefallen war, und durch das sie jetzt plötzlich den Kopf aus dem Wasser streckte.

»Uh, puhu!«, prustete sie erschreckt. Direkt vor ihr stand ein Mensch oder zumindest etwas Ähnliches. Die Gestalt hatte einen langen roten Mantel an, dessen Kragen und Ärmel weißen Fellbesatz trugen. Er musste herrlich warm sein, dachte Nixie und merkte, wie sehr sie fror. Mit großen Augen staunte sie den bärtigen Menschen an und überlegte, ob es nicht besser sei, wieder unterzutauchen.

»Hoppla! Was haben wir denn da? Sonst tauchen hier nur Walrosse und Robben auf. Guten Tag, Nixie!«, sagte der Mensch mit freundlicher Stimme. Die kleine Meerjungfrau war überrascht. Der Mensch kannte sie. Woher nur? Sie hatte ihn noch nie gesehen. Jetzt lachte er so sehr, dass sein Bauch zu hüpfen begann und der weiße Bart ins Wackeln kam.

»Ich kenne alle Lebewesen auf der Erde!«, behauptete er. »Schließlich bin ich der Weihnachtsmann! Da muss ich das alles wissen!«

Er schaute auf Nixies Kopf herab, auf dem ihre nassen Haare langsam zu Eis gefroren. Nixie bekam Ähnlichkeit mit einem Igel.

»Dir ist kalt, nicht?«, stellte der Weihnachtsmann fest und streckte ihr seine Hand hin. »Komm, ich helfe dir aus dem kalten Wasser heraus.«

Er hob das kleine Meeresfräulein zu sich auf die Eisfläche, und jetzt erst bemerkte es den Schlitten mit den neun Rentieren, der hinter dem Weihnachtsmann stand. Das war der lange Gegenstand gewesen, den sie von unten gesehen hatte. Das Klopfen kam von den Hufen der Rene, die ungeduldig auf dem Eis herumtänzelten.

»Wir haben eine kleine Pause eingelegt, denn gleich geht es auf die lange Reise nach Übersee. Und wir sind ja nicht mehr die Jüngsten«, meinte der Alte mit einem vergnügten Augenzwinkern. »Darf ich vorstellen? Das sind Dasher, Dancer, Prancer, Vixen, Comet, Cupid, Donder und Blitz. Der mit der leuchtenden Nase ist Rudolph.«

Die Rene wandten ihre Köpfe und blinzelten Nixie zu, während Rudolf seine Nase blinken ließ.

»Eiheine nenette Bbbbegrüßung!«, bibberte Nixie und hob zum Gruß ihre zitternde Hand. »Iiiich hahabe mmmich vvvverschwommen«, erklärte sie dann dem Mann im roten Mantel. Der griff in den Schlitten und nahm eine warme Decke heraus, in die er das Nixchen wickelte.

»Momomollig!«, freute die kleine Meerjungfrau sich, während ihr langsam wärmer wurde.

»Weißt du was? Ich glaube, ich kann dir helfen«, sagte der Weihnachtsmann. »Ich denke, ich nehme dich einfach ein Stück mit. Ich fliege sowieso in eine wärmere Gegend, und da komme ich auch bei dir zuhause vorbei.«

Er hob das Meermädchen auf und setzte es in seinen Schlitten. Ächzend kletterte er dann selber hinein und rief seinen Rentieren zu: »Dasher, Dancer, Prancer, Vixen, Comet, Cupid, Donder, Blitz und Rudolph! Auf geht es. Voran! Bringt uns zu den Kindern!«

Der Schlitten ruckte an, als sich die Rentiere in ihr Zaumzeug legten. Er wurde schneller und schneller, jagte wie der Blitz über das Eis am Nordpol und hob schließlich ab. Wie ein Flugzeug schwebten sie hoch über der Erde am Himmel, und die Sterne leuchteten ihnen den Weg. Schon bald wurde es Nixie wärmer, und sie wickelte sich aus der Decke. Sie sah, wie der Schlitten sanft tiefer ging, und schließlich zur Landung ansetzte. Die Rentiere hatten die Insel gefunden, an der Nixie im Meer zuhause war. Lachend trug sie der Weihnachtsmann zum Wasser und setzte das Meerfräulein sanft in die Fluten.

»Warte!«, sagte er. »Du sollst auch ein Geschenk zu Weihnachten haben.«

Er öffnete den großen Sack auf dem Rücksitz des Schlittens und kramte eine Weile darin herum. Dann hatte er gefunden, wonach er gesucht hatte.

»Da ist es ja. Hier ist dein Weihnachtsgeschenk, kleine Meerjungfrau!«, brummte er zufrieden. Er überreichte Nixie einen Kamm aus glänzendem Perlmutt und lachte. »Damit dir nie wieder die Haare so zu Berge stehen, wie am Nordpol!«

Laut lachend kletterte er wieder in seinen Schlitten und bevor Nixie sich bedanken konnte, stoben die Rentiere davon.

»Fröhliche Weihnachten, kleine Meerjungfrau!«, hörte sie den alten Mann rufen und sah ihn aus dem Schlitten winken. Nixie schaute ihnen eine Weile nach, bis sie am Horizont verschwanden. Dann sah sie stolz auf ihren wunderschönen Kamm.

»Wenn ich das den Wassermännern und -frauen erzähle, wird mir keiner glauben«, meinte sie und tauchte unter, um nach Hause zu schwimmen.

Der Vegesacker Junge und das Weihnachtswunder

Es war schon Dezember, kurz vor Weihnachten, und Jan Kiekut lehnte an seinem Lieblingsplatz an der Flutmauer am Vegesacker Hafen. Trübsinnig, wie das graue Winterwetter, das in diesem Jahr seinen Namen auch nicht verdient hatte, starrte er in die Fluten und ließ seine Gedanken wandern.

Es war schon reichlich ungerecht, wie die Vegesacker ihn in den letzten Tagen behandelt hatten. Nicht, dass sie unfreundlich gewesen waren, oh nein. Wirklich nicht! Eher ganz im Gegenteil. Alle grüßten ihn und waren ganz besonders aufmerksam. Eine Weile hatte er nicht geahnt, was hinter dem Katzbuckeln der Leute für ein Grund zu suchen war. Bis er ein Gespräch zweier Marktfrauen gehört hatte, so ganz zufällig und ohne Absicht.

»Der Jan soll ja ganz dicke Freund mit dem alten Rauschebart sein!«

»Ach, was! Ich glaube es erst, wenn ich es sehe! Kommst du auch mit der ganzen Familie?«

»Klaaar! Dieses Jahr werde ich es mir nicht entgehen lassen. Ich will die riesige, geschmückte Tanne am Utkiek auch sehen. Und wehe, es stimmt nicht.«

»Letztes Jahr soll der Baum so hell geglänzt haben, dass man kaum hinsehen konnte.«

»Hach, Thea! Das schnacken die Leute doch nur. Dies Jahr werden wir sehen, ob Jan Kiekut wirklich mit dem Weihnachtsmann so gut kann. Und wehe, wenn der Baum nicht leuchtet, dann kann das Bürschchen was erleben.«

Selbst der Pastor hatte neulich mal so eine Andeutung gemacht. Er sei gespannt, ob der Baum in diesem Jahr wieder geschmückt sei. Und dabei hatte er Jan Kiekut so merkwürdig angesehen.

»Als ob ich Wunder vollbringen könnte!«, rief Jan empört aus und stampfte wütend mit den Füßen auf den matschigen Boden.

»Was hassu gesacht?«, schniefte es hinter ihm. Jan drehte sich um und gewahrte seinen besten Freund Emil, der gerade seine rote Nase in ein riesiges Taschentuch steckte und sich herzhaft schnäuzte. Es klang wie das Tröten eines Elefanten. Emil gesellte sich zu seinem Freund und nun standen beide an der Flutmauer. Nach einer Weile angeregten Schweigens beichtete Jan seine Sorgen.

»Das is gemein!«, stellte Emil mitfühlend fest.

»Das war doch nur, weil ich den alten Rotrock letztes Jahr aus dem Schornstein gezogen hab, in dem er klemmte. Ja, wenn er in diesem Jahr wieder stecken bleiben würde, könnte man ihn vielleicht überreden, die Tanne noch mal leuchten zu lassen. Aber so ...?«

Jan empfand eine hilflose Ohnmacht. Was konnte er schon tun? Mit den Fingern schnippen, und hoppla, da leuchtet er!? Schön wär's gewesen, wenn er das gekonnt hätte. Wut und Empörung stiegen in ihm auf.

Einige Kinder aus der Nachbarschaft kamen lärmend die Hafenstraße heruntergelaufen. Sie schienen sehr aufgeregt zu sein. Schon von weitem winkten sie und riefen: »Jan! Jan! Wir müssen dich was fragen!«

Jan ahnte, was da auf ihn zu kam. Und prompt, kaum war die aufgeregt schnatternde Schar heran, bestürmten sie ihn, wie er das denn wohl machen wollte, die große Tanne da vorne zum Leuchten zu bringen. Jans Miene wurde finster.

»Ich werde das verdammte Ding abbrennen!«, entfuhr es ihm grimmig. »Dann wird sie schon schön leuchten, die Tanne!«

Die Kinder hielten das für einen gelungenen Scherz und lachten fröhlich.

»Du machst immer so lustige Witze«, säuselte Liese, die Tochter des Schönebecker Müllers und strahlte ihren Helden aus himmelblauen Augen an. Hach, dieser Blick ging Jan Kiekut runter wie Lebertran. Seine magere Gestalt straffte sich und er warf sich mächtig in die Brust. Kein Zweifel, die Leute hatten recht. Wenn einer das schaffte, dann nur Jan Kiekut.

»Jau!«, sagte er mit fester Stimme. »Der Baum wird leuchten! Ich weiß zwar noch nicht wie, aber er wird. Verlasst euch drauf!«

»Und ich werde dir dabei helfen!«, stellte Emil klar, denn schließlich konnte er seinen besten Freund nicht im Stich lassen. Und jetzt wollten alle helfen. Jans Blick ging prüfend in die Runde, während sich in seinem Kopf die Gedanken aus einem wirren Knäuel herauszulösen begannen und ein Plan Gestalt annahm.

Da war der Sohn des Seilers, der sollte für ganze Rollen dünnes Seil sorgen. Die Tochter des Dachdeckers sollte ihren Vater bitten, die langen Leitern auszuleihen. Die Zwillinge des Töpfers sollten für bunt bemalte Tonkugeln sorgen, und von Emils Vater wusste er, dass der noch eine ganze Partie Petroleumlampen mit Lichtspiegeln auf Lager hatte. Die anderen konnten Nüsse und Gebäck an Fäden knoten, so dass man sie in den Baum hängen konnte.

Die Tochter des Schneiders würde aus bunten Stoffresten schöne Schleifen machen, die den Baum sicher gut schmücken würden. Und Müllers Liese, was konnte die tun? Sie würde die Leiter halten, auf der in schwindelnder Höhe Jan Kiekut arbeiten würde, und hin und wieder ihm einen Blick von der gleichen Qualität zuwerfen, wie vorhin. Dann würde ihm in luftiger Höhe sicher nicht kalt werden.

Die Kinder waren voller Begeisterung bei der Sache. Innerhalb weniger Tage hatte Jan alles, was er brauchte, zusammen, und am Tag vor dem Heiligen Abend erlebte die große, dunkle Tanne etwas, das sie wohl nie vergessen würde. So etwa ein halbes Dutzend Kinder kletterte und wuselte in ihren Ästen und Zweigen hin und her und rauf und runter, und putzte den Baum heraus, dass es nur so eine Freude war. Alles, was man in den letzten Tagen herangeschafft hatte, fand einen Platz. Aus den Ästen der Tanne hingen lange, dünne Seile herab, an denen Jan Kiekut nun die Lampen befestigte. Sie wurden mit frischem Petroleum randvoll gefüllt und erst einmal rund um den Baum auf die Erde gestellt.

Die Vegesacker Bürger betrachteten das Geschehen mit Staunen. So etwas hatten sie noch nie gesehen, und keinem wäre so ein Blödsinn in den Kopf gekommen. Was dieser Bengel da wohl bloß wieder ausgeheckt hatte? Kopfschüttelnd zogen sie davon, um in ihren Festtagsvorbereitungen fortzufahren.

Nach dem abendlichen Weihnachtsgottesdienst des nächsten Tages war es soweit. Die ganze Gemeinde hatte der Herr Pastor zum Utkiek geführt, und in der Dunkelheit standen alle gespannt da und harrten der Dinge, die da kommen sollten. Jan und Emil hatten alle Hände voll zu tun, die ganzen Lampen zu entzünden. Schließlich war es geschafft und rund um den Baum standen die Lämpchen im Kreis und verbreiteten ein sanftes, weiches Licht. Jan verschwand im Geäst der Tanne, und begann, an den Seilen zu ziehen. Eine Lampe nach der anderen schwebte empor und fand ihren Platz an einem Zweig des geschmückten Baumes. Als alle Lampen im Geäst der Tanne festgezurrt waren, krabbelte Jan Kiekut wieder aus dem Baum heraus. Er umrundete sein Werk und war zufrieden. Ein wunderschönes, friedliches Bild, das dieser geschmückte Baum vermittelte, und der Herr Pastor stimmte ein Weihnachtslied an, in das die Gemeinde einfiel.

»Er leuchtet nicht!«, murmelte Jan. »Er ist schön, aber er leuchtet nicht!«

Eine Hand griff nach seiner und Liese drängte sich an ihn.

»Doch, Jan! Er leuchtet! Schau nur genau hin! Jan, das hast du gut gemacht!«

Jan lauschte in die Dunkelheit. War da nicht das leise Klingen von Schlittenschellen, das er schon einmal gehört hatte? Oder waren es Lieses Worte gewesen, die ihm wie kleine helle Glocken klangen?

Sanfter Schneefall setzte ein, und die Flocken wirbelten aus allen Richtungen herbei und setzten sich merkwürdigerweise nur auf die Zweige der Tanne. Je mehr Schnee herab rieselte, umso heller begannen die Lichter in dem Baum zu leuchten, ja, es dauerte nicht lange, und er erstrahlte in einem Glanz, der den ganzen Platz am Weserufer erleuchtete.

Im Schein des Lichtes, das dieser Baum ausstrahlte, bemerkte Jan eine Bewegung auf dem Dach des Hauses, auf welchem er im letzten Jahr den Weihnachtsmann getroffen hatte. Da stand er, der alte Weißbart mit dem Roten Mantel, gleich neben dem Schornstein, in dem er damals steckengeblieben war. Der Alte hob die Hand, winkte Jan zu und kletterte dann in seinen Schlitten. Er gab den Rentieren die Zügel frei und wie der Wind brauste er über die Köpfe der Vegesacker Bürger davon, hinauf in den dunklen Himmel. Sein dröhnendes Lachen, begleitet vom Schellen der Schlittenglöckchen, wurde leiser und leiser und war bald nicht mehr zu hören.

Jan drückte Lieses Hand.

»Du hast recht!«, sagte er leise. »Jetzt leuchtet er!«

Heilige Nacht

Vom Himmel her tönen leis in Wellen
mal laut, mal leise Schlittenschellen.
Es saust und braust in meinen Ohren,
hat Santa Claus die Orientierung verloren?

Hierhin, dorthin und zum nächsten Haus,
blitzschnell lädt er die Gaben aus.
Ich frag mich, wie der alte Mann das macht,
allein in einer stockdunklen Nacht?

Ein Mensch allein könnte das nicht tun,
es bleibt keine Zeit, um auszuruhen.
Im Kamin herunter, im Schornstein hoch,
wo's keinen gibt, durchs Schlüsselloch.

Der Alte ist nicht klein zu kriegen,
hat Spaß an diesem schnellen Fliegen,
und eilt so hoch am Himmelszelt
zu den Kindern in aller Welt.

Trotz seiner altersmorschen Glieder
kommt im nächsten Jahr er wieder.
Vom Himmel hört man, wie er lacht,
in dieser wundervollen, Heiligen Nacht.

Das Weihnachtsballett

Jan Petermann trabte durch das Vegesacker Fährquartier. Obwohl Weihnachten war, und überall in den Häusern die Lichter an den Tannenbäumen brannten, die Kinder Bescherung feierten, hatte der Junge aus Vegesack eine üble Laune. Man hätte beinahe sagen können, er hatte eine Stinkwut. Irgendein Bücherschreiber aus dem Bremer Norden hatte ein Buch über ihn geschrieben, nein, natürlich nicht wirklich über ihn, sondern über einen seiner Vorfahren. Damals, so um 1800 herum, waren die Petermanns noch Fischer an der Unterweser gewesen und der Junge, den sie Jan Kiekut nannten, hatte allerlei Abenteuer im Hafen zu bestehen. Tatsächlich waren die Petermanns durch ihren Sohn Jan sehr bekannt geworden und so hatte der seinen eigenen Sohn auch wieder Jan genannt, und der seinen Sohn wieder. So hatte es sich eingebürgert, dass der erste Sohn bei den Petermanns immer Jan getauft wurde, was nicht schlimm war. Doch seit das Buch über den Vegesacker Jungen auf den Markt gekommen war, war alles anders. Seine Mitschüler riefen ihn seither nur noch Jan Kiekut und zogen ihn mit allerhand Schabernack auf. Und um dem Ganzen noch die Krone aufzusetzen, hatten seine Eltern ihm zu Weihnachten doch tatsächlich das Buch geschenkt.

Jan lief vorbei am hellerleuchteten Fähranleger, warf nur einen kurzen Blick auf den Weihnachtsbaum, der auf dem Fährschiff leuchtete, wandte den Blick zur anderen Seite und sah auch in der Strandlust, dem Hotel direkt an der Weser, die Gäste in feierlicher Garderobe an den geschmückten Bäumen stehen. Wütend schnaubte Jan durch die Nase, zog sich die blaue Pudelmütze über die Ohren und lief weiter, vorbei an der bronzenen Walfluke in Richtung Signalstation und Stadtgarten. In der Ferne erblickte er ein leuchtendes Dreieck, das sofort seine Neugier weckte. Was mochte das sein? Er hatte es noch nie gesehen. Jan trabte wieder los, näherte sich dem hell erleuchteten Etwas, denn genau wie einst sein Großvater, der Vegesacker Junge, hatte er es zwar nicht so sehr mit der Schule, doch seine ewig wache Neugier ließ ihn allen Fragen stets auf den Grund gehen.

Noch einer hatte das leuchtende Dreieck gesehen. Hoch vom Himmel herab fiel sein Blick auf das seltsame Leuchten, das er in den Jahren vorher hier nie gesehen hatte. Fast hätte er es für einen seiner Wegweiser gehalten und wollte schon die Rentiere an seinem Schlitten in eine andere Richtung dirigieren, als er denn doch stutzig wurde. Der alte Mann mit den weißen Haaren und dem weißen Bart konnte sich nicht daran erinnern, wohin er hier abbiegen sollte. Er hatte bereits die nördliche Halbkugel mit Geschenken beliefert, kam jetzt von Spitzbergen über Schottland, Irland und England herab aufs Festland und folgte dem Lauf der Weser landeinwärts.

»Das muss ich mir näher anschauen«, brummelte er in den Kragen seines roten Mantels und setzte mit seinem Schlitten zur Landung an. Der Junge, der neben dem leuchtenden Etwas stand und Mund und Augen aufsperrte, bemerkte den Weihnachtsmann erst, als er neben ihn trat.

»Toll! Einfach toll! Und weithin sichtbar. Wer hat denn diesen schmucken Schlepper so schön weihnachtlich beleuchtet?«

»Das war die Truppe, die sich um den alten Pott hier kümmert«, gab Jan zur Antwort und staunte darüber, dass er die Anwesenheit des alten Rauschebarts mit seinem Schlitten so ganz selbstverständlich hinnahm. Hätte er geahnt, dass sein Urahn schon vieles mit dem Weihnachtsmann zu tun gehabt hatte, wäre er sicher weniger erstaunt gewesen. So bewunderten sie das hell erleuchtete Schiff, über dessen Toppen eine Lichterkette vom Bug nach Achtern gezogen war und deren Glühlampen leicht im Wind schaukelten.

»Schön!«, sagten sie gleichzeitig.

Ein leises Ächzen und Stöhnen ließ die beiden aufhorchen.

»Warst du das?«, fragten sie sich wiederum gleichzeitig, und erstarrten, als vom Schiff her eine leise, matte Stimme zu hören war.

»Nein, das war ich!«

Der Schlepper ›Regina‹ stand schon seit geraumer Zeit auf dem Trockenen, dort, wo früher das Tor der Werft war, für die er tätig war. Das Schiff mit dem weiblichen Namen hatte viel zu tun gehabt, als es die Werft noch gab. Es hatte die großen Dampfer in die Docks bugsiert, Neubauten vom Helgen an den Ausrüstungskai gebracht, und war stets rund um die Uhr im Einsatz gewesen.

»Heute ist das anders, ich vermisse das Schaukeln auf den Wellen des Flusses, das Rumoren des Dieselmotors in meinem Bauch. Die Gischt, die bei Sturm über mein gesamtes Deck sprühte. Und die Mannschaft, die mich Tag für Tag pflegte. Hier ist es einsam, und nur gelegentlich kommen die Leute, um nach mir zu sehen.«

»Deine Geschichte rührt mich an. Ich würde dir gerne einen Wunsch erfüllen, immerhin ist es Weihnachten!«, meinte der weißbärtige Alte. »Was also kann ich für dich tun?«

Regina mochte es nicht glauben. Was erzählte der alte Mann in dem roten Mantel da? Sie sollte sich etwas wünschen? Und …, oh ja, sie hatte einen Wunsch.

»Das kriegste nie hin, sonst will ich Jan Kiekut heißen«, lachte der Junge aus Vegesack und knuffte den Weihnachtsmann freundschaftlich in die Seite.

»Nicht?«, antwortete der. »Bin doch schon dabei. Warte ab.«

Etwa zwölf Kilometer weiter die Weser hinauf lagen im Lankenauer Hafen die Schlepper an ihren Liegeplätzen. Es wurden am Weihnachtsabend keine größeren Schiffe erwartet und die Mannschaften waren zuhause bei ihren Familien. Eben noch war alles ruhig, doch im nächsten Augenblick brüllten die starken Motoren auf, die Leinen glitten wie von Zauberhand ins Wasser und wurden an Deck gezogen. Scheinwerfer und Lampen strahlten auf und die mächtigen Schlepper ›Arion‹, ›Mars‹ und ›Stier‹

machten sich auf die kurze Reise weserabwärts. Mit mächtiger Bugwelle rauschten sie durch das Wasser und als sie die Flussbiegung bei der Moorlosen Kirche passiert hatten, konnte man ihre Positionslichter gut ausmachen, die sich schnell näherten.

»Wie habe ich sie bewundert, wenn ich sie immer beim Vegesacker Hafenfest vor der Hafeneinfahrt tanzen sah«, flüsterte Regina ergriffen. »Und einmal möchte ich das auch tun. Zusammen mit ihnen!«

Die drei Schlepper stoppten auf und positionierten sich im Halbkreis vor dem Weser-Ufer. Laut dröhnten die mächtigen Motoren auf, als sie kurz beschleunigten um dann abrupt abzubremsen. Es war, als verneigten sie sich vor Regina und luden sie zum Tanz ein.

»Huch!«, quietschte die, als sie sich von ihrem Platz erhob und hinüber zum Wasser schwebte. Sanft glitt sie in ihr Element, die Maschine, die schon jahrelang nicht mehr gelaufen war, dröhnte auf und das hellerleuchtete Schiff drehte sich im Kreis ihrer Tanzpartner um sich selbst. Das Schlepper-Ballett tanzte hinaus auf den Fluss, drehte sich in einem weiten Kreis um Regina, und die Tänzer wiederum drehten sich um ihre eigenen Achsen. Die Wellen gingen hoch, schaukelten Regina hin und her, Gischt spritzte über ihr Deck und lief durch die Speigatten und Klüsen wieder zurück in den Fluss. »Wunderbar!«, jauchzte sie und tanzte begeistert nach einer Musik, die nur die Schlepper zu hören schienen.

Eine letzte Drehung, dann verneigten sich die drei Tanzpartner vor ihrer Lichterkönigin Regina, drifteten auseinander und machten sich auf den Weg zurück zu ihren Liegeplätzen.

»Na, Jan Kiekut?!«, fragte der alte Weißbart den Jungen und ließ Regina zurück auf ihren Platz in den künstlichen Wellen schweben. Längst war Reginas Motor verstummt und Stille breitete sich aus. Jan war unfähig etwas zu sagen, doch der Weihnachtsmann erwartete wohl auch keine Antwort. Er stieg in seinen Schlitten, schnalzte mit der Zunge und die Rentiere zogen an. Auf einer Spur goldglänzenden Staubs erhob sich der Schlitten und jagte davon, steil in den Himmel hinauf. Jan drehte sich um, sein Blick streifte den Schlepper, von dem das letzte Wasser herabtropfte. Er drehte sich um und ging zurück in Richtung Fähre.

»Jan!«, hielt ihn Regina auf. »Was tust du jetzt?«

»Nach Haus gehen und das verdammte Buch über meinen Vorfahren lesen!«, brummte der Junge. »Regina?«

»Ja, Jan Petermann?«

»Fröhliche Weihnachten!«

Eine weihnachtliche Katastrophe

»Nein! Nein! Nein! Ich kann Weihnachten doch nicht einfach absagen. Es wäre das erste Mal seit …, seit …, äh, na ja, langer Zeit!« Der weißbärtige Mann überlegte angestrengt, doch er konnte sich nicht recht daran erinnern, wann er zum ersten Mal die Kinder dieser Welt beschenkt hatte. Er seufzte. Irgendwann würde es ihm schon wieder einfallen. Santa Claus warf seinen roten Mantel über und verließ eiligen Schrittes den Rentierstall. Vielleicht irrte sich seine Frau, und die Rentiere wären bis morgen wieder gesund. Zur Sicherheit wollte er den Tierarztwichtel holen, der bislang immer Rat gewusst hatte, wenn es dem einen oder anderen seiner Zugtiere nicht gut ging.

Nun ja, Vixen und Blitzen waren unvorsichtig gewesen, als sie sich Schlittschuhe an die Hufe zogen und Eislaufen wollten. Die ersten, jemals von Rentieren dargebotenen Pirouetten gelangen ja auch wunderbar, doch dann waren sich die beiden zu nah gekommen und ihre Geweihe hatten sich in einander verfangen. Verrenkte Hälse und ein paar schmerzhafte Verstauchungen der Vorderläufe würden sie dieses Jahr außer Gefecht setzen. So konnten sie in keinem Fall an der weltweiten Geschenke-Tour des Weihnachtsmannes teilnehmen.

Dasher und Dancer hatte das neue Kraftfutter so gut geschmeckt, dass sie sich hoffnungslos überfuttert hatten. Sie lagen kraftlos in ihren Boxen mit Wärmflaschen auf den schmerzenden Bäuchen und jammerten leise vor sich hin. Auch von ihnen könnte er zu diesem Fest keinen Einsatz erwarten. Die Genesung würde wohl noch ein paar Tage dauern. So waren ihm von neun Rentieren nur noch Prancer, Comet, Cupid, Donner und Rudolph geblieben. Wenn er früh genug aufbrach, hatte er gedacht, würden sie es trotzdem schaffen, die Geschenke rechtzeitig zu den Kindern zu bringen.

Und nun das! Prancer, Comet und Cupid sahen aus wie die Streuselkuchen. Masern hatte Frau Santa festgestellt. Sie kannte das von einigen Wichteln, und die Rentiere zeigten die gleichen Symptome, sie hatten sogar Fieber bekommen. Der Weihnachtsmann hatte sich nicht lange mit Erklärungen aufgehalten und den Tierarztwichtel einfach am Ärmel aus dem Haus gezogen. Nicht einmal Zeit, sich einen Mantel anzuziehen, hatte er ihm gelassen. Durch Kälte und Schnee zog er den Wichtel hinter sich her durch das Weihnachtsdorf am Nordpol und schob ihn in den Stall der Rentiere.

Ein einziger Blick genügte und der Wichtel hob seinen Zeigefinger.

»Typischer Fall von Masern!«, diagnostizierte er und als wolle er seine Feststellung untermauern, nieste er donnernd in ein Taschentuch.

»Und nun habe ich mich auch noch erkältet. Danke, Weihnachtsmann«, näselte er verschnupft. »Die drei Zugtiere kannst du vergessen, sie sind arbeitsunfähig!«

Das war genau das, was der alte, weißbärtige Mann im roten Mantel nicht hören wollte. Es war eine Katastrophe. Wenn Weihnachten ausfiel, es keine Geschenke gab, was sollten die Kinder von ihm denken?

»Mach dir keine Gedanken, alter Mann!«, versuchte ihn Rudolph Rotnase zu trösten. »Donner und ich werden deinen Schlitten alleine ziehen. Es wird etwas länger dauern, aber wir bekommen das hin, denke ich.«

»Voll krass, Alter!«, bestätigte Donner und die beiden Rentiere schlugen ihre Hufe zusammen und gaben sich ›highfive‹. Santa Claus war erleichtert, dass die beiden es so leichtnahmen. Es würde ein Haufen Arbeit für sie sein und sie an den Rand ihrer Kräfte führen.

Tatsächlich zogen die beiden Rentiere am folgenden Abend den Schlitten des Weihnachtsmannes ganz allein durch den nächtlichen, sternenübersäten Himmel. Sie legten sich ins Zaumzeug, wie sie es noch nie getan hatten, Schweiß rann aus ihrem Fell und Schaum tropfte von ihren Mäulern. Hin und wieder mussten sie eine Pause einlegen, sodass es nur langsam voranging. Prustend und schnaubend verrichteten sie ihre Arbeit, und den Weihnachtsmann überkam große Sorge, ob sie das wirklich durchhalten konnten. Es schien, als würde seinen Zugtieren langsam die Luft knapp werden.

»Ich weiß«, rief er, »wie ich euch ein wenig motivieren kann.

Vielleicht mögt ihr ein wenig Musik!«

Donner und Rudolph wechselten einen schnellen Blick miteinander. Wollte Santa ihnen jetzt ein Ständchen bringen? Sie kannten beide seine Gesangskünste und waren jedes Mal begeistert, wenn seine dröhnende Stimme schaurig durch die Polarnacht hallte. Gott sei Dank sang er nur unter der Dusche, doch wollte er nun wirklich hier ein Lied anstimmen?

»Keine Sorge, ich weiß, dass ich nicht gut singe«, lachte der Weihnachtsmann in seinem Schlitten und kramte unter der Sitzbank einen Radio-CD-Spieler hervor. Er schob eine glitzernde Scheibe in den Schlitz des Gerätes und drückte auf die Taste.

Noch nie hatten die Menschen auf der Erde eine Weihnacht erlebt, in welcher der Schlitten des Weihnachtsmannes mit nur zwei ächzenden Rentieren über den Himmel brauste und von oben erklang laute Musik und eine helle Stimme sang:

»Atemlos … durch die Nacht …!«

Weihnachtsfunzeln

Wenn im Dunkeln die Sterne funkeln
und an den Häusern die Funzeln funzeln,
und man sich mit der Installation geplagt,
dann ist Weihnachten angesagt.

Es hilft kein ärgern und kein Stirne runzeln,
wenn die Weihnachtsfunzeln nicht mehr funzeln.
Zum Baumarkt trabt man dann geschwind,
dorthin wo die Funzeln sind.

Die Verkäufer, sie entfleuchten,
als ich fragt nach Weihnachtsleuchten.
Die, die so schön weiß und hell,
sagt, wo sind sie, schnell, nur schnell!

Weiße Funzeln gibt es nicht,
sie haben nur noch blaues Licht.
Fluch der Technik, sag ich leis,
blaue Funzeln sind ein Scheiß!

Ob gottlos oder bei den Frommen,
Weihnachtsstimmung will nicht kommen,
denn auch ich ertrage nicht,
wenn in den Funzeln blaues Licht.

Hell und weiß, so sollen sie schimmern,
und mit trostlos leisem Wimmern,
denk ich an frühere Weihnachtszeit,
in der Glühlampen waren stets bereit.

Ich will helles weißes Licht,
die LEDs, die will ich nicht.
Dank der EU und ihrem Rat,
der immerhin doch Geld dir spart.

Lieber, lieber Weihnachtsmann,
bei mir gehen auch die Lichter an.
Mit Glühwein, Grog, Rum und Absinth
ertrag ich die Funzeln,

    auch wenn's blaue sind.

Der Weihnachtsschwan

Schwanenjunge sind zumeist im Kindesalter dunkel und erst im Laufe des Erwachsenwerdens verändert sich die Farbe ihres Federkleides hin zu dem wunderschönen Weiß, das man von ihnen gewohnt ist. Nicht so Fridolin, bei ihm blieb die schwarze Farbe erhalten und je größer er wurde, umso tiefer wurde das Schwarz. Ja, es nahm sogar einen ganz wunderbaren Glanz an, der seinesgleichen suchte. Kein weißer Schwan glänzte so wunderbar wie Fridolin in seinem schwarzen Federkleid und wenn Fridolin des Nachts ruhig schlafend auf dem See trieb, spiegelten sich sogar die Sterne auf seinem Gefieder.

»Unser kleines schwarzes Familienschaf!«, seufzten seine Eltern, wenn er inmitten der weißen Schar seiner Familie auf dem See seine Runden schwamm. Auch seine Geschwister trieben allerlei Schabernack mit dem dunklen Gesellen, hänselten ihn und stupsten ihn mit ihren Schnäbeln an.

Der Sommer ging, der Herbst hielt Einzug. Die Blätter wurden gelb und wirbelten vom Wind gezaust von den Ästen und Zweigen zur Erde hinab. Sie bedeckten sogar weite Flächen des Sees. Fridolin hatte sich zu einem Einzelgänger entwickelt, als feststand, dass niemand aus seiner eigenen Familie ihn so recht mochte. Fortwährend schimpften sie mit ihm, weil er doch so anders war als sie. Er konnte sein Aussehen nicht verändern und so beschloss er, sich von seinen Eltern und Geschwistern zu trennen. Eines Tages hörte er das Singen von schlagenden Schwanenflügeln und schaute hoch. Fünf Schwäne in einem glänzenden Schwarz wie er selbst, flogen über den See. Sie schienen ihn gesehen zu haben, denn sie setzten zur Landung an. Mit ihren breiten Füßen glitten sie wie auf Wasserskiern ein Stück über die glatte Oberfläche, bis ihr ganzer Körper auf dem Wasser aufkam. Ruhig schwammen sie auf Fridolin zu.

»Schaut, ein Leidensgenosse«, sagte einer der Schwäne.

»Und so ein hübscher!«, bemerkte ein junges Schwanenfräulein und schlug verschämt ihren Blick nieder, als Fridolin sie mit großen Augen anstaunte. Er und hübsch? Das hatte noch keiner zu ihm gesagt.

»Komm, flieg mit uns oder hält dich hier etwas?«, meinte ein weiterer und schaute sich suchend um. »Nein! Ganz offensichtlich hält dich hier nichts. Ich kann außer uns niemanden entdecken, der zu dir gehören könnte.«

»Wohin wollt ihr?«, stellte Fridolin die Frage, die ihn am meisten beschäftigte. Wenn er denn schon weg sollte, dann wollte er schon wissen, wohin die Reise ging. Das junge Schwanenfräulein schaute Fridolin tief in die Augen und sagte leise: »Wir sind auf der Suche nach einem Platz, wo wir in Ruhe und Frieden leben können. Kommst du nun mit?«

Fridolin kam mit. Nichts auf der Welt hätte ihn davon abhalten können, mit der netten Schwänin davonzufliegen.

»Ich bin Fridolin«, stellte er sich artig vor und das Schwanenmädchen begann zu kichern.

»Ich heiße Frieda«, antwortete sie und fand, dass sie beide nicht nur wegen der Namensverwandtschaft ganz wunderbar zusammenpassten. Die kleine Schar schwarzer Schwäne erhob sich und flog davon, niemand von ihnen wusste wohin, doch jedes Land war ihnen recht, in dem sie ihren Frieden finden konnten. So wurde es Winter.

Die Schar fand trotz der Kälte offene Wasserstellen an Flüssen und Weihern, wo sie rasten und sogar ein wenig Futter finden konnten. Manchmal kamen auch Menschen und brachten ihnen Brotreste oder andere Leckereien. Ganz dicht aneinander gekuschelt schliefen sie in der Nacht, in der die Sterne am Himmel schimmerten wie Diamanten auf schwarzem Samt. Ein Stern leuchtete heller als alle anderen und am Himmel konnte man etwas sehen, das es sonst dort nicht gab. Ein Rentiergespann zog einen rotgoldenen Schlitten über das Firmament, in dem ein großer Mann mit weißem Bart saß und seine Zugtiere anspornte.

»Lauft, Kinder, lauft! Wir sind spät dran. Donner, Blitzen, Cupid, schneller, viel schneller!«, dröhnte seine Bassstimme durch die frostklare Nacht. Der riesige Sack, der hinten im Schlitten lag, war prall gefüllt und die acht Rentiere hatten gewaltig zu tun, dem Weihnachtsmann zu der Geschwindigkeit zu verhelfen, die er brauchte, um allen Kinder in dieser Nacht ihre Geschenke zu bringen. Gerade holte er wieder einmal tief Luft um seine Zugtiere anzufeuern, als es geschah. Rudolf, das Leitrentier mit der roten Nase, geriet ins Straucheln. Der ganze Schlitten sackte ab und Rentiere wie Weihnachtsmann und der große Geschenke-Sack purzelten in den Schnee. Die Rentiere hatten sich untereinander mit ihren Geweihen verhakt oder hingen hilflos im Schlittengeschirr. Drei von ihnen hatten sich wohl auch die Hufe verstaucht, denn sie jammerten so laut, dass die Schwäne erwachten und sich neugierig umschauten.

»Oh, was für ein Malheur!«, schimpfte der Weihnachtsmann und klopfte sich den Schnee aus dem Bart und vom Mantel. Dann sah er, dass er mit dem Gespann in dieser Nacht die Kinder nicht mehr erreichen würde. Aber er sah auch die sechs schwarzen Schwäne, die herankamen.

»Euch schickt der Himmel!«, frohlockte der Alte mit dem weißen Bart. »Nur ihr könnt noch den Kindern zu ihren Geschenken verhelfen.«

Frieda breitete ihre Flügel aus.

»Wir?«, fragte sie ungläubig. »Du hast neun Rentiere und wir sind nur zu sechst. Wie sollen wir das machen?«

Der Alte vor ihr im Schnee lachte, dass sein Bauch ins Wanken geriet.

»Immerhin seid ihr sechs schwarze Schwäne, also etwas ganz Besonderes«, erwiderte er dann. »Und wenn ihr es nicht schaffen könnt, dann kann mir keiner mehr helfen.«

Er griff in seine Manteltasche, nahm etwas heraus und warf es in die Luft. Ein feiner Schleier aus Sternenstaub legte sich auf das Gefieder der sechs Schwäne und es begann zu leuchten. Sie sahen sich untereinander an und fühlten sich kräftig und stark. Sie ließen sich vom Weihnachtsmann in das Schlittengeschirr spannen und konnten es kaum abwarten, mit ihm in den nächtlichen Himmel zu starten.

»Moment«, sagte eines der Rentiere und setzte Fridolin eine rote Weihnachtsmann-Mütze auf. »Dienstkleidung für das Leittier!«

»Mach dir um uns keine Sorgen«, versicherte das rotnasige Leitrentier dem besorgten Weihnachtsmann. »Uns ist nicht sehr viel passiert, aber mit verstauchten Hufen geht es für uns hier nicht weiter. Fliegt los, wir warten auf den Abschleppdienst aus dem Weihnachtsmann-Dorf. Die Elfen vom Nordpol werden bald hier sein.«

Der weißhaarige Alte winkte ihnen zu und dann startete der wohl seltsamste Weihnachtsmann-Paketdienst, den die Welt jemals gesehen hatte. Sechs glänzende schwarze Schwäne jagten mit kraftvollen Flügelschlägen über den Himmel und zogen den Schlitten mit den Geschenken für die Kinder von Stadt zu Stadt und von Haus zu Haus.

Als sie im Licht des beginnenden neuen Tages am Nordpol in der Weihnachtsstadt landeten, lud man sie ein, als Reserveteam dort zu bleiben. Sie erhielten einen eigenen beheizten Teich und Futter, so viel sie wollten.

»Ich hätte nie gedacht, dass wir das schaffen«, sagte das Schwanenfräulein Frieda leise.

»Du hast doch gehört, dass wir etwas ganz Besonderes sind«, gab Fridolin ebenso leise zurück.

»Und du bist etwas ganz Besonderes für mich«, flüsterte Frieda, kuschelte sich an ihren Fridolin und schlief ein.

Das Ungeheuer von Staberhuk

Welcher Teufel hatte mich geritten, ausgerechnet am Vormittag des Heiligen Abend angeln zu wollen? Ich will es nicht beschwören, aber es bestand durchaus die Möglichkeit, dass es mit dem Wunsch meiner beiden weiblichen Familienangehörigen zusammenhing, Weihnachten auf Mallorca zu verbringen. Mir fehlte dafür jedes Verständnis, denn zwar wurde das Fest der Feste nahezu überall auf der Welt und in jeder Klimaregion gefeiert, doch Heiliger Abend ohne Schnee, Christbaum und ein wenig Gemütlichkeit war nun mal für mich kein Weihnachtsfest. ›Feliz Navidad‹ anstelle Fröhliche Weihnachten war nichts für mich, und anstatt am Strand von Malle bei 20 Grad zu grillen, stand ich lieber bei knappen Null Grad am Strand von Fehmarn um mir seefrischen Weihnachtsdorsch zu angeln.

Der laue Westwind ließ keine festliche Stimmung aufkommen, aber wozu auch? Frau und Tochter vergnügten sich bei den Spaniern, und mir allein würde der olle Rauschebart sicher nichts unter den Baum legen. Da konnte ich genau so gut selber für mein Festtagsmenü sorgen, ohne dass sich zwei Nasen krauszogen. Niemand würde mit spitzer Stimme sagen: »Riechst du es? Ich glaube Papa kommt gleich heim. Heute gibt es wohl Fisch anstatt Gans!«

Nein, mein Weihnachtsgeschenk hatte ich mir selbst gemacht. Angelsachen gepackt, rein in den Wagen und ab nach Staberhuk. Weit und breit kein Frost, kein Schnee, das Meer plätscherte mit leisen Wellen gegen den Strand. Klassewetter! Wenn jetzt noch die Geschuppten mitspielten, würde ich mir heute Abend leckere Dorschfilets in der Pfanne goldbraun braten.

Ich möchte an dieser Stelle betonen, dass ich in meinem Leben schon viele Dorsche gefangen habe, was also auf ein gewisses Maß an Erfahrung schließen lässt. Doch heute war es wie verhext, nichts, aber auch rein gar nichts tat sich an der Rute. Ich hatte nur ›kleines‹ Gepäck dabei, rechnete ich doch damit, größere Mengen an Fischfilet nach Hause schleppen zu müssen. Allerdings sah es im Augenblick eher nicht danach aus. Ah, vermutlich falsche Stelle. Ein paar hundert Meter weiter in Richtung Leuchtturm fiel der Grund etwas steiler ab, und dort würden sich die Dorsche vermutlich stapeln.

Ich merkte recht schnell, dass sie das nicht taten. Egal, was ich als Köder an die Leine baumelte, es ließ sich keiner der Ostsee-Leoparden zum Biss überreden. Also noch etwas weiter in Richtung Kap. Ich krabbelte über Felsblöcke, stapfte durch den tiefen Sand, schlidderte über Geröll und kam dabei gut ins Schwitzen. Ich merkte weder, dass es langsam dämmerig wurde, noch, dass die Temperatur weit unter den Gefrierpunkt gefallen war. Der Wind hatte auf Nord gedreht, und ich schaute erstaunt in den Himmel, als plötzlich weiße Flocken herabsegelten. Im Nu machte sich ein Schneetreiben auf, wie ich es noch nie gesehen hatte.

Der scharfe Nordwind wehte die Eiskristalle mit solcher Wucht heran, dass sie mir schmerzhaft ins Gesicht schlugen. Wie kleine Nadelstiche piekste das. Ich zog die Ohrenklappen meiner Fellmütze herab, stellte den Kragen meiner Jacke hoch und wollte in die Handschuhe schlüpfen. Wo waren sie noch gleich? Ah, richtig. Im Wagen. Dort hatte ich sie nämlich vergessen. Auch gut, denn dort würden sie mit Sicherheit nicht nass werden können.

Ganz im Gegensatz zu mir. Ich verwandelte mich innerhalb von Minuten in einen wandelnden Schneemann. Es schien mir geraten, langsam ans Einpacken zu denken. Heute würden die Fische ungeschoren davonkommen. Ich war geneigt, den Ostseedorschen eine gewisse Galgenfrist einzuräumen, noch dazu, wo doch Weihnachten war. Ich würde in diesem Jahr ausnahmsweise einmal die Nächstenliebe auch den Fischen angedeihen lassen. Petrus sei Dank, waren es ja nur drei Tage, nach deren Ablauf es keine Ausflüchte mehr gab. Die Pfanne wartete.

Upps! Was war das? Die Schnur ließ sich nicht einkurbeln. Ich hatte nicht aufgepasst, und so war an den Schnurlaufringen dickes Eis gewachsen. Die Schnur hing fest, und ich musste die Ringe irgendwie auftauen. Zu allem Überfluss zerrte etwas mit uriger Kraft an der Leine. Ein Königreich für ein Feuerzeug, warum musste ich auch Nichtraucher sein? Der Fisch zog unbarmherzig weiter, und normalerweise müsste jetzt die Rolle die Schnur freigeben um den Druck auf die Rute zu vermindern. Doch das ging ja nicht! Ich spürte so etwas wie Panik aufkommen.

Das Gerät war kurz vor dem Bersten, als ich mich entschied, dem Fisch ins Wasser entgegenzugehen. Ah, ich lag völlig richtig mit meiner Vermutung, dass es hier schnell tiefer würde. Die Ostsee eroberte meine Stiefel, und der Fisch zog noch immer. Um mich herum wirbelten die weißen Flocken und hoch über mir fingerten die Lichtbalken des Leuchtturmes durch die Dunkelheit. Während mir unten die Beine abstarben, rann mir oben der Schweiß in die Augen.

Wie verrückt muss man eigentlich sein, fragte ich mich, um dies hier nicht schnellstmöglich zu beenden, indem man einfach die Schnur zerschnitt? Ich kam zu dem Ergebnis, dass ich noch nicht verrückt genug war, und watete zurück zum Strand. Die Rute würde im nächsten Augenblick zerbrechen, oder die Schnur mit lautem Knall zerreißen. Egal. Verbissen kämpfte ich mich weiter den Strand hinauf, als das Unerwartete geschah. Schlagartig ließ der Zug am anderen Ende der Leine nach und ich fiel vornüber. Das war nicht angenehm, ersparte mir aber eine unliebsame Begegnung mit dem schweren Blei. Mit einem scharfen Laut zischte es an mir vorbei und verschwand in der flimmernden Dunkelheit des Abendhimmels. Es flog zielsicher in die Richtung, aus der das leise Schellen von Schlittenglocken zu vernehmen war. Dann folgte ein dumpfer Schlag, als sei es gegen irgendetwas gestoßen. Vom Himmel hoch ertönte ein unterdrückter Schrei, dann fiel etwas Rotes herab und landete in einer der Schneewehen, die der Wind mittlerweile aufgetürmt hatte.

Meine Hosenbeine waren im Nu steif gefroren, doch stakste ich zu dem weißen Haufen hinüber und fing an, das merkwürdige Ding auszugraben, das da vom Himmel gefallen war. Ich hoffte, dass es kein teurer Satellit gewesen war, doch andererseits beruhigte mich die Überzeugung, dass kein Angelblei so hoch fliegen konnte. Ich zerrte und zog an einer roten Mütze, griff auch in einen mächtigen weißen Bart und langsam kam ein alter Mann mit leichtem Übergewicht zum Vorschein. Ganz offensichtlich war er ohnmächtig, und ich wünschte, irgendjemand würde jetzt hier vorbeikommen um mir zu helfen.

»Halt! Was machen Sie da?«, ertönte hinter mir eine scharfe Stimme. Ich blickte mich um. Eine Handvoll Bundeswehrsoldaten war im Anmarsch. Sie mochten von der nahegelegenen Radarstation kommen, und der erste von ihnen hob abwehrbereit seine Schneeschaufel. Offenbar schien ihr Motto das der Pfadfinder zu sein. »Allzeit bereit, zu jeder Jahreszeit!«

»Wonach sieht es denn aus? Ich habe mit meiner Angel irgendwas vom Himmel gefischt. Helfen Sie mir mal, alleine kriege ich den Kerl nicht aus der Schneewehe.«

Man musste nur klare Anweisungen geben, dann wurden auch keine dummen Fragen gestellt. Hilfreiche Hände packten zu und gemeinsam zogen wir den vom Himmel Gefallenen aus dem Schneehaufen.

»Wenn das nicht der Weihnachtsmann ist ...«, murmelte der Soldat, den ich bereits auf dem Herweg als Wachhabenden am Tor der Station gesehen hatte. Ich schaute ihn groß an, und mein Blick verhieß nichts Gutes. Weihnachtsmann! Der wollte mich wohl veräppeln. Bevor ich jedoch etwas erwidern konnte, packten Soldatenfäuste zu. Sie hoben den Rauschebart hoch und schleppten ihn zum Stützpunkt. Ich hatte Mühe, ihnen mit meiner steifen Hose und der halben Ostsee in den Stiefeln zu folgen. Schließlich hakten mich zwei freundliche Bundeswehrkameraden rechts und links unter, hoben mich ein wenig an und trugen mich das letzte Stück des Weges. Mein gesamter Unterkörper war völlig vereist.

In der Wachstube am Tor schälten sie den Rotgekleideten und mich aus den Klamotten, und verschwanden mit ihnen.

»Wir haben Wäschetrockner hier, das geht recht schnell, dann können sie sich wieder anziehen. Bis dahin nehmen Sie die hier«, meinte der Wachhabende und reichte uns ein paar warme Wolldecken. Der alte Mann mit dem weißen Bart und der roten Unterwäsche fasste sich stöhnend an den Kopf, wo eine dicke Beule auf seiner Stirn prangte.

»Wenn ich nur wüsste, was mich aus meinem Schlitten geworfen hat«, murmelte er. Sein Blick fiel auf mich und meine Angelrute.

»Hmmm«, machte er nachdenklich.

»Ich schwöre, ich habe daran keine Schuld«, beeilte ich mich zu versichern. Doch so wirklich schien er mir nicht glauben zu wollen. Ich begann, die ganze Geschichte zu erzählen, und berichtete von dem unsichtbaren Riesenfisch, der meine Rute fast zerlegt hatte.

Man hatte uns heißen Tee mit Rum gebracht, und langsam kehrte das Gefühl in meine Beine zurück. Auch der

Weihnachtsmann ließ sich nicht bitten und leerte seinen Becher. Etwas schien ihn zu beschäftigen, denn er machte einen abwesenden Eindruck.

»Das habe ich schon von vielen Anglern hier gehört. Und mir selbst ist es auch schon passiert«, sinnierte der Torwächter. »Das Ungeheuer von Staberhuk hat also wieder einmal zugeschlagen.«

»Ungeheuer?«, klang es wie im Chor aus meinem und dem Munde des Weihnachtsmannes.

»Ja, Ungeheuer. Noch niemand hat es zu Gesicht bekommen, aber gelegentlich beißt es an den Angelruten an. Es hat bereits viele zerbrochen, unzählige Ruten in die See gezogen, meistens jedoch reißt es sich wieder los, bevor man es auch nur in Sichtweite bekommt. Niemand kann sagen, was es ist. Treibende Bäume, die sich in den Leinen verfangen, Heringshaie oder etwas noch Größeres!«

Unsere Sachen waren trocken, und wir schlüpften hinein. Ah, mollig warm waren sie noch. Nur meine Stiefel trieften vor Nässe. Ich erhielt leihweise ein paar ›Knobelbecher‹ in meiner Größe und versprach, sie in den nächsten Tagen wieder vorbeizubringen. Der Abschied war kurz, auf einen gellenden Pfiff des Alten hin ertönte das Klingen von kleinen Glocken und vor dem Tor der Radarstation landete ein Schlittengespann. Geduldig warteten die Rentiere bis ihr Kutscher eingestiegen war. Der Alte winkte uns zu.

»Wir sehen uns in nächster Zeit ja des Öfteren«, rief er gutgelaunt. »Ich habe ab morgen 364 Tage Urlaub und hier ist ein interessantes Angelrevier! Hahaha! Fröhliche Weihnachten!«

Die Rentiere zogen an und der Schlitten hob ab. Wir standen inmitten der weißen Pracht vor dem Tor und wenn nicht ganz deutlich die Spuren des Schlittens im Schnee gewesen wären, …!

»Unglaublich!«, murmelte ich. Der Wachhabende grinste nur.

»So unglaublich, wie die Geschichte vom Ungeheuer von Staberhuk? Nein, nicht ganz. Tatsächlich verfolgen wir in jedem Jahr zu Weihnachten den Weg des Weihnachtsmannes am Himmel auf unserem Radargerät. Es ist schon toll, zu sehen, wie er hoch über uns durch die Nacht flitzt. Na, er hat ja auch allerhand zu tun. Übrigens, volle Deckung. Da kommt unser Weihnachtsessen!«

Der Wachmann zog mich unter ein Vordach, und am Himmel ertönten erneut die Schlittenglocken. Ein hohles Sausen lag in der Luft, dann plumpste ein Netz aus der Dunkelheit und landete genau vor der Radarstation. Es war voller prächtiger Dorsche und Schollen. Lautes Gelächter verlor sich in der Dunkelheit.

»Das macht er immer so«, erklärte der Wachhabende. »Dürfen wir Sie zum Essen einladen? Der Grill steht schon bereit, und es ist genug für alle da.«

Ich willigte dankbar ein und war mir sicher, dass dies der Beginn einer langen Freundschaft war. Was konnte man sich Schöneres zu Weihnachten wünschen?

Weiße Weihnacht

Dass Schneeflocken vom Himmel rieseln,
gehört für mich zur Heiligen Nacht.
Wie wohl sonst hat der Weihnachtsmann
die Geschenke hergebracht?

Zu einem gelungenen Weihnachtsabend
gehört weiße Weihnacht, wie's früher war.
Leider kann man drauf nur hoffen,
denn wärmer wird es Jahr für Jahr.

Nach der Bescherung ging's nach draußen,
zur weihnachtlichen Schneeballschlacht.
Jacken und Stiefel ausprobieren,
die das Christkind hatte gebracht.

Kinder, die sich auf den Boden werfen,
wedeln dankbar mit den Armen nur,
malen lachend in den Schnee
eine prachtvolle Engelsfigur.

Vom Kirchturm her die Glocken läuten
sie jubeln weithin hell und laut,
doch die Kinder beten alle,
dass der schöne Schnee nicht taut.

Aus dem Schnee geformte Kugeln,
die man auf einander stellt,
Möhren, Kohlen und ein Topf,
so, ich glaub, der Schneemann hält.

Fast ist es heute noch wie früher,
wenn Kinderaugen strahlen,
und die ganzen Weihnachtsspäße
Kindern rote Wangen malen.

Heiliger (Grog-)Abend in Vegesack

Der kleine Ort namens Vegesack, der sich mittlerweile um den geschäftigen Hafen an der Lesummündung gebildet hatte, lag still in der schummrigen Dunkelheit dieses Winterabends. Die Segelschiffe, zum Teil Handelsschiffe, deren Waren aus aller Herren Länder hier gelöscht und in kleinere Weserkähne umgeladen wurden, aber auch Walfangschiffe und einfache Fischerkähne lagen im Strom der Weser und des kleinen Nebenflüsschens und warteten auf den Frühling. Der Winter war spät gekommen in diesem Jahr, der Fluss noch weitgehend eisfrei und die Temperaturen erträglich. Die klirrende Kälte würde wohl wie so oft erst zum Jahreswechsel von Norden her Einzug halten und all die großen und kleinen Schiffe im Eis des Flusses einschließen.

Pünktlich zum Fest hatte es am Morgen zu schneien begonnen, und die Kinder, die am Vegesacker Utkiek die große Tanne schmückten, hatten einen Riesenspaß dabei gehabt, all den Schmuck, den sie gebastelt hatten in den schneebedeckten Ästen und Zweigen zu befestigen. Sehr sorgfältig hatte man all die Laternen, die in der abendlichen Dunkelheit den Baum zum Leuchten bringen sollten, in das dichte Gewirr der Äste gehängt. So mancher Schneeball war durch die Luft gesaust und hatte sein Ziel im Nacken oder Gesicht eines anderen Kindes gefunden, welches dann quiekend und lachend sich das weiße kalte Zeug aus dem Kragen der Jacke geklaubt hatte.

Wie die Menschen eben so sind, erwarteten Sie natürlich, dass Jan das eigentlich Unmögliche auch in diesem Jahr wieder möglich machen würde und den großen Baum am Hafen wieder weihnachtlich leuchten lassen würde. Jan Kiekut würde allerdings dabei die größten Schwierigkeiten haben, da die mächtige Fichte von einem Herbststurm gefällt worden war. Da es also kein passendes Gewächs mehr am Hafen gab, musste man sich etwas einfallen lassen. Im Wald hatte man eine große Tanne gefällt, sie mit einem Pferdegespann herangeschleppt und am Utkiek aufgestellt. Nun war es an Jan und den Kindern der kleinen Hafenstadt, den Rest zu besorgen. Die Tanne wurde geschmückt, und wenn auch die Tranlampen in ihren Zweigen kaum die Umgebung erhellen konnten, so würde der Baum hoffentlich wieder zu leuchten und zu strahlen anfangen, wenn der Weihnachtsmann des Nachts auf seiner Geschenktour mit leise klingenden Schlittenglocken über den Ort sauste.

Das war dann stets der Zeitpunkt, an dem der Herr Pastor inbrünstig ein Weihnachtslied anzustimmen pflegte, in das alle Bürger, die sich mit ihm am Baum versammelt hatten, frohen Herzens einstimmten.

Auch an diesem Abend brannten die Lampen in den Ästen der Tanne und ihr matter Schein erhellte den Platz am Utkiek und ließ ihn freundlich und heimelig erscheinen. Die Bürger strömten voller Erwartung zum Hafen, gespannt, ob es Jan Kiekut auch in diesem Jahr wieder gelingen würde, die große Tanne zum Strahlen zu bringen. Jan stand neben dem Pastor und hielt den Kopf schief. Er lauschte in den nächtlichen Himmel hinaus, wo durch das Flockengewimmel leise das Schellen eines Schlittens zu hören war, das sich rasch näherte.

Und dann konnten es alle sehen: Aus dem Dunkel der Weihnacht kam wie ein Sturmwind ein Schlitten herangebraust, gezogen von acht Rentieren, die auf einer Straße aus funkelnden Sternen durch die Lüfte galoppierten. Der Schlitten sauste knapp über den Köpfen der Vegesacker Bevölkerung über den Utkiek hinweg, beschrieb einen weiten Bogen über der Weser und schwebte, dabei das Tempo verlangsamend, auf den Weserstrand zu, an dessen Übergang zum Wasser sich das erste Eis zu bilden begann.

Jan Kiekut schloss die Augen, denn er ahnte, dass dieses halsbrecherische Manöver nicht so glattgehen würde, wie es sich der Pilot des fliegenden Schlittens wohl erhofft hatte. Tatsächlich setzte der viel zu früh sein flottes Gefährt, an dessen Front ein silberner Stern glänzte, auf das noch viel zu dünne Eis auf und krachend brach der Schlitten ein. Gott sei Dank riss dabei das Geschirr der Rentiere, so dass diese sicher das feste Ufer erreichten. Bei dem Weihnachtsmann war das leider etwas anders. Von seinem Schlitten ragte kaum mehr etwas aus dem Wasser und der alte Rauschebart stand bis zur Brust im eiskalten Weserwasser.

Jan mochte gar nicht hinsehen, denn der Weihnachtsmann machte Anstalten, zum Ufer waten zu wollen. Leider hatte er nicht daran gedacht, dass er auf der Sitzbank seines Schlittens stand und als er zwei Schritte auf das Ufer zu machte, versank er endgültig in den Fluten. Die Menge stand wie erstarrt, nur der Herr Pastor begann wild mit den Armen herumzufuchteln.

»Holt ihn da raus, Leute!«, rief er den Männern seiner Gemeinde zu. »Sonst ertrinkt uns noch der Weihnachtsmann im Fluss!«

Das wollte natürlich keiner. Der Ruf der kleinen Hafenstadt wäre auf alle Zeiten ruiniert gewesen, wenn man das hier zugelassen hätte. Also stürzten sich fünf Männer in die Fluten um den Weißbart zu bergen. Man trug den pitschnassen Weihnachtsmann in das Havenhaus, um ihm die nassen Sachen auszuziehen und ihn ordentlich abzurubbeln. Auch die Männer, die zu dieser Rettungsaktion in das kalte Wasser gesprungen waren, entledigten sich der nassen Kleidung, um sie über dem Herdfeuer zu trocknen.

Jan Kiekut griff in eine der Vorratskisten und holte eine Flasche vom besten Rum hervor, die der Wirt hier versteckt hatte. Er entkorkte den teuren Übersee-Rum und hielt dem Weihnachtsmann den Flaschenhals unter die Nase. Doch der Ärmste rührte sich nicht und Jan stellte die Buddel ab, um schnell einen Becher zu holen. Vielleicht würde das starke Gebräu ja von innen helfen, die Lebensgeister des Weihnachtsmannes wieder zu erwecken.

Jan griff zur Flasche, um seinem alten Freund einzuschenken und stellte dabei sehr überrascht fest, dass Dinge, die man auf einen Herd stellt, mitunter recht warm werden können. Unmöglich, den heißen Krug in der Hand zu halten, fand er und ließ ihn mit einem lauten Schmerzensschrei fallen. Die Flasche fiel in den großen Topf mit dem kochenden Wasser, und der goldfarbene Rum ergoss sich da hinein und vermengte sich mit der heißen Flüssigkeit. Im nächsten Augenblick zog ein ganz unglaublicher Duft durch die Küche des Havenhauses und alle Männer fingen an, in der Luft herumzuschnüffeln.

Onkel Eberhard, der Wirt der Havenhaus-Schänke holte aus und verpasste dem unachtsamen Bengel eine saftige Backpfeife, die Jan Kiekut taumeln ließ. Au Backe, Onkel Eberhard schrieb eine kräftige Handschrift! Jan ruderte hilflos mit den Armen um sein Gleichgewicht zu halten, stieß dabei gegen das Küchenregal und kippte den Topf mit dem Zucker um. Nun rieselte auch noch der weiße Süßkram in den brodelnden Topf und der Duft, der von diesem ausging verstärkte sich dadurch noch mehr.

Im gleichen Moment schlug der Weihnachtsmann die Augen auf.

»Für mich bitte auch einen Becher«, meldete er sich mit schwacher Stimme unter den Lebenden zurück und alle sahen ihn entgeistert an. War dem Alten das Gehirn eingefroren? Einen Becher? Wollte er damit sagen, dass er einen Becher von der heißen Schnapsbrühe haben wollte? Na gut, dem Manne konnte geholfen werden. Man füllte einen großen Humpen mit der dampfenden Flüssigkeit und der Weihnachtsmann nahm einen großen Schluck.

»Aaaah! Das tut gut«, verkündete er und schnalzte genießerisch mit der Zunge. Die halbnackten Vegesacker Rettungsschwimmer schauten sich erstaunt an, dann griff sich jeder einen Becher und im Nu probierten alle das heiße Gebräu. Eine ganze Weile war außer Pusten und Schlürfen, gemischt mit vielen »Oooohs« und »Aaaahs« nichts zu hören. Voller Begeisterung spürten die durchgefrorenen wackeren Kämpen, wie das heiße Getränk durch die Kehle hinab in den Magen rann und sich von dort aus mit einer sanften Explosion wohltuend und wärmespendend durch den ganzen Körper verteilte.

»Lecker!«, meinte der Alte und hielt dem Wirt auffordernd den Becher zum Nachfüllen hin. »Wie heißt das Gebräu?«

Alle Augen richteten sich auf Jan Kiekut. Der hatte es gemixt, also musste er auch wissen wie man es nannte. Jan war indes damit beschäftigt, mit der Zungenspitze seine Backenzähne abzutasten, ob sie nach der Backpfeife auch noch alle fest waren. Da, der eine ganz hinten – wackelte der nicht? Das musste mit Zeigefinger und Daumen geprüft werden und Jan Kiekut packte fest zu und wackelte an dem Zahn herum. Genau in diesem Moment merkte er, wie ihn alle in der Küche der Schänke anstarrten.

»He?«, machte er ratlos.

»Name! Wie das Zeug heißt?«, half ihm Onkel Eberhard auf die Sprünge.

»Hngrrrg!«, würgte Jan an seinen beiden Fingern vorbei, die noch immer in seinem Mund steckten.

»Wie?«, fragte der Weihnachtsmann nach, der meinte, wohl noch immer ein wenig Wasser im Gehörgang zu haben.

»Grog! Er hat ganz deutlich Grog gesagt«, behauptete Onkel Eberhard. »Ich hab's ja immer gesagt, dieser Bengel ist ein verkanntes Genie. Hier, Jan! Du hast es erfunden, nun sollst du es auch probieren.«

Ganz offensichtlich nahm er es dem Jungen nicht mehr übel, dass er seinen besten Jamaica-Rum verschüttet hatte, denn er reichte Jan einen großen Becher voll des duftenden Gebräus. Jan nippte daran, fand, es schmecke nicht schlecht und trank den Becher aus. Oh, hoppla! Wie wurde ihm denn? Alles fing an sich um Jan herum zu drehen und ihm wurde ganz heiß. Dann verdrehte er die Augen und kippte um. Starke Arme fingen ihn auf und lachende Männer luden ihn auf eine Schubkarre, mit der ihn sein Vater nach Hause ins Bett brachte. Sturzbetrunken verpasste Jan Kiekut die lustigste aller Weihnachtsfeiern, die jemals am Vegesacker Hafen stattfand.

Den Rennschlitten des Weihnachtsmannes mit dem silbernen Stern an der Vorderseite, fischten die Vegesacker bei der nächsten Ebbe aus der Weser. Er hatte weiter keinen Schaden genommen, außer, dass die Sitzpolster jetzt unangenehm kühl waren und der Weihnachtsmann sich auf dem Nachhauseweg wohl einen nassen Achtersteven holen würde. Man füllte ihm daher in weiser Voraussicht den Rest von Jans Grog in eine Flasche, die man ihm warm einpackte, und sorgte so dafür, dass der Weihnachtsmann sich auf dem weiten Weg zum Nordpol nicht verkühlen konnte. Fröhlich singend schlingerte der angesäuselte Rauschebart auf seinem Schlitten Richtung Nordpol, während der Herr Pastor lautstark über den Verfall der Sitten wetterte und schwor, dass es im nächsten Jahr zu Weihnachten dieses Teufelszeug nicht geben würde.

Wo sind die Bäume

Ich riss mir fast die Arme aus den Schultern, als ich die Palette mit dem Dosenbier aus dem Lager in den Verkaufsraum zerrte. Kaum, dass ich rückwärts aus dem Lager rangierte, kreischte eine helle Stimme hinter mir: »Junger Mann! Wo sind die Bäume?«

Mit Müh und Not stoppte ich die tonnenschwere Last, die ich mit herausquellenden Augen gerade hereinzog und verhinderte nur knapp, dass meine Füße unter den Hubwagen gerieten und ich künftig aussehen würde, wie Donald Duck.

»Bäume?«, murmelte ich verdattert. »Ham wir nich!«

»Natürlich haben Sie Bäume«, beharrte die alte Dame und piekste mich mit ihrem Regenschirm in die Rippen. »Haben Sie letztes Jahr auch gehabt!«

»Gute Frau, daran sollte ich mich erinnern können. Kann ich aber nicht!«

Ich wusste genau, dies war ein Discounter, kein Gartenmarkt. Manchmal führen wir auch Blumen oder zumindest Grünzeug, von dem die Leute glauben es seien Blumen. Aber Bäume?

»Schauen Sie«, versuchte ich mein Glück, »es ist September und Bäume werden erst im Herbst gepflanzt. Also, glauben Sie mir …«

Die Alte ließ nicht locker.

»September? Blödsinn! Es ist bald Weihnachten und ich will meinen Weihnachtsbaum!«

»Nein! Ehrlich!«, beteuerte ich. »Es ist wirklich gerade September und bis Weihnachten noch lange hin. Oder haben Sie draußen schon Schnee gesehen?«

Die ältere Dame schien verunsichert. Doch dann stieß sie ihren Schirmstock verärgert auf den Boden.

»Sie wollen mich wohl verklappsen, junger Mann? Ich weiß, was ich weiß. Auf ihren Sondertischen liegt ja schon das ganze Weihnachtsgebäck, Zimtsterne, Marzipankartoffeln und Baumbehang aus Schokolade. Also ist Weihnachten. Wo sind die verdammten Tannenbäume?«

Ich ahnte, dass ich sie zufriedenstellen musste, griff in die Werkzeugkiste und holte die kleine Säge heraus.

»Kommen Sie mit, Sie sollen Ihre Weihnachtstanne haben!«

Ich lotste sie durch den Verkaufsraum, vorbei an den staunenden Kassiererinnen und ging mit ihr zu den Grünrabatten, die am Parkplatz standen. Ich fasste eine halbhohe Konifere ins Auge, nahm Maß und hielt ihr das Bäumchen etwas später entgegen.

»Der sieht aber komisch aus!«, meinte sie.

»Ja«, murmelte ich. »Es ist auch der letzte. Die Kunden sind dieses Jahr wie verrückt nach den Bäumen. Aber wissen Sie was? Dafür bekommen Sie ihn auch umsonst.«

»Früher waren die aber größer!«

Ja, sie hatte ja recht. Aber früher kam das Weihnachtsgebäck auch erst zu Weihnachten in die Läden. Nicht im September. Glücklich zog das Mütterchen mit ihrem Weihnachtsbaum ab und ich ging zurück in den Laden. Was ich jetzt brauchte, war eine Tasse Kaffee und … eine Tüte Lebkuchen, Weihnachten hin oder her!

Schwere Kinderherzen

Kinder haben's zur Weihnacht schwer
es drückt und piesackt sie so sehr,
die Angst vorm bühnenreifen »Aus«,
wenn sie stehen vor Santa Claus.

Sagen sollen sie ein Gedicht,
doch ganz so klar ist ihnen nicht,
wen sprech ich an mit meinem Reim,
und wird der andere dann wohl böse sein?

Dem Weihnachtsmann ein Christkind-Gedicht?
Damit ehrt man es, doch ihn leider nicht.
Und spricht man Verse für Santa Claus,
legt 's Christkind einem das übel aus?

So ist's nicht leicht unterm Weihnachtsbaum,
wenn frohe Erwartung füllt den Raum.
Wenn am Baume brennen die Weihnachtskerzen,
sind schwer so manche Kinderherzen.

Liebe Kinder, hört mir zu,
sagt auf den Reim in aller Ruh.
Keiner dem anderen Neid beimisst,
weil heut das Fest der Liebe ist.

Der Bahnhofs-Karpfen

Es war in den 50er Jahren des vorigen Jahrhunderts, als ich noch in meinem Geburtsort Bennigsen, einem kleinen Dorf am Deister in Niedersachsen lebte. Meine Eltern führten dort als Wirtsleute die Gaststätte im Bahnhof. Es war Adventszeit. Ich spürte die Spannung, die in der Luft lag. Im ganzen Haus herrschte geschäftiges Treiben, alle Vorbereitungen mussten getroffen werden. Für die Familie, wie auch für unsere Gäste, denn es ging auf Heilig Abend zu. Mein drittes Weihnachtsfest, und das erste, an das ich mich bewusst erinnern kann.

Großvater kümmerte sich um den Tannenschmuck, er schleppte aus dem Wald einen Weihnachtsbaum heran, der bis unter die Zimmerdecke reichte. Die Schankstube wurde mit Tannengrün dekoriert, in das rote Christbaumkugeln gebunden wurden. Überall wurden Talglichter aufgestellt.

War das für uns Kinder nicht schon aufregend genug, so sorgte mein Großvater für weitere Überraschungen. Opa Heinrich war knorrig wie ein alter Baum, hoch von Statur, und hatte ein von Wind und Wetter gegerbtes Gesicht. Unter dem vom Alter silberweiß gefärbten Schopf blickten zwei graue Augen mit unnachgiebiger Strenge. Seine große Leidenschaft war die Jagd, aber genau so gut konnte er mit stiller Begeisterung und Hingabe an seinem Angelteich sitzen. Zu Weihnachten war er stets bemüht, einen der trägen Winterkarpfen zu fangen. Seine Angelkameraden waren der Meinung, er sei entweder mit Petrus oder dem Teufel im Bunde. Jedes Jahr gelang es ihm, einen prächtigen Karpfen zu erbeuten.

Diesmal hatte er es noch vor dem Frost geschafft, den großen Fisch lebendig nach Hause zu transportieren. Mutter traf beinahe der Schlag, als Opa ihn kurzerhand in unsere nagelneue Badewanne setzte, die wir erst im Sommer hatten einbauen lassen. Zusammen mit dem kupfernen Badeofen, in dem das Badewasser noch mit Holz und Kohle erhitzt wurde, stellte das neue Bad eigentlich das Schmuckstück der ganzen Wohnung dar. Mutter wachte mit Argusaugen darüber, dass es niemand verschmutzte. Wir Kinder bestaunten den Karpfen in der blütenweißen Badewanne, der sich darin offenbar ganz wohl fühlte.

»Guckt mal, wenn er sein rundes Maul so aufsperrt, sieht er aus wie Opa«, jubelte meine Schwester. So wurde der Karpfen auf den Namen Heinrich getauft, obwohl er eigentlich eher das Gegenteil von dem alten Jäger war. Er war viel sanfter, wir durften ihn sogar berühren. Wir spielten mit ihm, und es war klar, dass kein anderes weihnachtliches Spielzeug ihm gleichkommen würde. Wir liebten Heinrich den Zweiten, und selbst die Abreibung, die ich erhielt, als mich Opa bei dem Karpfen in der Wanne erwischte, war nicht so schmerzhaft wie der Moment, als am Heiligen Abend Großvater mit gewetztem Messer in der Badestube stand.

Er erlebte einen Zwergen-Aufstand, dem er nur schwerlich etwas entgegenzusetzen hatte. Wir Kinder klammerten uns weinend und schreiend, bittend und bettelnd an seine Beine. Der Alte konnte nicht anders, als erst einmal von seinem Vorhaben abzulassen.

»Aber morgen!«, sagte er bestimmt. Seine Worte hingen wie eine Drohung über uns. Die weihnachtliche Stimmung war verflogen, die Lichter am Weihnachtsbaum flackerten matt und ohne Glanz, ja, selbst bei der Bescherung kam keine Freude auf. Schmusepuppen, Teddybären und tolle Spielzeugautos konnten die Kinderseelen nicht trösten. Kein Kinderlachen erklang, die bedrückende Angst um unseren Karpfen stand schmerzhaft im Raum.

Als die Stille unerträglich wurde, kam Großvater in Hut und Mantel in die Stube gepoltert. »Anziehen!«, kommandierte er und warf uns unsere Jacken zu. Vor dem Haus stand der Handkarren, darauf ein großer Bottich, aus dem die Rückenflosse von Karpfen Heinrich lugte. Wir zogen den Wagen über die verschneiten Straßen mit dem holperigen Pflaster bis zum Rittergut, auf dessen Gelände sich mehrere Teiche befanden. Großvater stieß ein Loch ins Eis. Er setzte den Karpfen vorsichtig in das kalte Wasser. Wir standen am Ufer des Sees und schauten ihm nach, wie er träge in der dunklen Tiefe verschwand. Noch lange blickten wir auf die im Mondlicht geheimnisvoll glitzernde Eisfläche. Ich schob meine kleine Hand in Großvaters mächtige Pranke. »Opa«, sagte ich leise. »Fröhliche Weihnachten!«

Eine schöne Bescherung

Dort, wo heute vom Hang der Grohner Düne die katholische Kirche zu Weser und Lesum herab grüßt, stand schon zu Jan Kiekuts Zeiten ein Gotteshaus. Schon damals hatte man so seine Last mit alten Gebäuden, und eigentlich hatte die alte Holzkirche, im Übrigen ein wahres Meisterstück der hölzernen Kirchenbaukunst, schon lange durch einen soliden Neubau aus Stein ersetzt werden sollen. Aber man fand einfach keinen Handwerker, der bereit war, Hand an ein Gotteshaus zu legen und es niederzureißen. Also blieb alles so, wie es war.

»Jan Petermann!«, sprach der Herr Pfarrer zu Jan Kiekut. »Du wirst mir in diesem Jahr zur weihnachtlichen Christmette persönlich zur Hand gehen. Du weißt, meine Augen sind nicht mehr die besten, und die Talglichter am Altar beleuchten mir des Nachts die Bibeltexte nicht hell genug. So wirst du also mit einer Tranlampe direkt neben mir stehen und für Erleuchtung sorgen.«

Jans Brust schwoll an vor Freude und Stolz. Endlich, endlich hatte mal jemand erkannt, dass er durchaus dazu in der Lage war, eine wirklich verantwortungsvolle Aufgabe zu übernehmen. Nun, an ihm sollte es nicht liegen, er wollte den Herrn Pfarrer schon erhellen.

So hatte sich, wie in jedem Jahr, die Gemeinde zu der mitternächtlichen Messe in der alten, hölzernen Kirche versammelt um die Geburt des Heilands zu feiern und Gottes Wort zu hören. Andächtig saßen sogar die raubeinigen Walfänger inmitten ihrer Familien in den harten Bänken und lauschten dem göttlichen Segen. Jan Kiekut stand neben dem Herrn Pfarrer und leuchtete mit der Tranlampe, während der die Weihnachtsgeschichte vortrug. Gerade in dem Moment, als der Geistliche las: »… kamen selbst alle Tiere um zu schauen das Kindlein …«, raschelte es hinter Jan. Ein leises Fiepen ließ den Jungen herumfahren. Hinter ihm saß Männchen machend eine dicke, fette Ratte und spähte aus den kleinen verschlagenen Knopfaugen neugierig zu Jan hinauf.

Jans Nackenhaare sträubten sich. Sofort fielen ihm die Geschichten und Erzählungen der Alten ein, nach denen diese Tiere in früheren Zeiten oftmals die Pest in die Städte gebracht hatten. Tausende und Abertausende Menschen waren der tödlichen Krankheit zum Opfer gefallen. Ganz klar, für Jan gab es nichts Ekelerregenderes als Ratten. Mit einem lauten Schrei des Entsetzens wandte sich Jan Kiekut zur Flucht. Dabei entglitt ihm die Tranfunzel, polterte auf den Boden und ergoss den Tran auf den schwarzen Talar des Herrn Pfarrers. Sofort stand der Umhang in Flammen und auch sein Träger wandte sich nun zur Flucht, wobei er die flammende Schleppe hinter sich her zog, durch die ganze Kirche, vom Altar bis zum Portal. Dort, wo der Prediger entlanggelaufen war, griffen die Flammen sofort auf den hölzernen Fußboden über, und im Nu brannte die ganze Kirche lichterloh.

Gott hielt wohl schützend seine Hand über alle, denn wunderbarerweise kam niemand zu Schaden. Es gelang sehr rasch, den brennenden Herrn Pfarrer durch Wälzen im Schnee zu löschen, aber die Kirche ...? Sie brannte bis auf den letzten Balken nieder und im Feuerschein stand die ganze Gemeinde und schaute mit entsetzten Augen auf das Geschehen. Niemand bemerkte, dass der Herr Pfarrer, dessen Umhangreste noch immer leicht qualmten, sich zufrieden die Hände rieb. Er sandte einen dankbaren Blick zum Himmel.

»Vielen Dank, Herr! Ich wusste doch, auf Dich und Jan Kiekut ist Verlass«, murmelte er so leise, dass nicht einmal die Umstehenden es hörten.

Er legte tröstend die Arme um Jans Schultern und erklärte dem schuldbewusst dreinschauenden Jungen, dass sein Missgeschick maßgeblich zum Bau der neuen Kirche beitragen würde. Dann stimmte der Herr Pfarrer voller Inbrunst ein Weihnachtslied an, in das, wenn auch erst zögernd, schließlich die ganze Gemeinde einstimmte.

Die allergrößte Gabe

Flocken wirbeln weiß heran,
bedecken Haus und Garten schon.
Die Welt zieht sich ein Festkleid an,
um zu ehren Gottes Sohn.

Schlittenglöckchen klingen leise,
durch des Himmels weiße Pracht,
die Weihnachtsmann auf seiner Reise
vom Nordpol her hat mitgebracht.

Aus der Kirche hört man froh
der Menschen festlichen Jubelchor,
und die Töne steigen hoch
in die Heilige Nacht empor.

Aufgeregt sind Mädchen und Jungen,
kommt doch heut der Weihnachtsmann.
Drum haben mit Inbrunst sie gesungen,
auf dass er mit ihnen zufrieden sein kann.

Ob es gereicht hat? Man wird sehen,
ob der Gabentisch gefüllt.
Nur wer faul und böse war,
sich besser wohl in Schweigen hüllt.

Große Geschenke oder kleine Gaben,
auf die Menge kommt's nicht an.
Alle Kinder sollten wissen,
dass man die allergrößte Gabe,
die Liebe, nirgends kaufen kann.

Der fliegende Leuchtturm

Es war damals, ich erinnere mich noch genau an das Jahr, als etwas geschah, was noch niemals zuvor geschehen ist, und, beim Barte des Weihnachtsmannes, hoffentlich nie wieder passieren wird. Der Weihnachtsmann hatte Verspätung!

Doch wenn ich euch die Geschichte erzähle, fange ich lieber ganz von vorne an. Ich bin Ole Olesson, der Leuchtturmwärter auf dem winzigen Eiland draußen vor der Küste. Meine Aufgabe ist es, den Schiffen mit meinem Leuchtfeuer den Weg durch die gefährlichen Untiefen zu weisen, die von der Strömung des Meeres als Sandbänke aufgeschichtet, schon manchem Frachter zum Verhängnis wurden. Vor ein paar Stunden hat die »Nixe« abgelegt, ist auf Heimatkurs gegangen und wieder im dichten Schneetreiben verschwunden. Die Jungs hatten es schon nicht leicht, den Weg durch den dichten Flockenwirbel zu finden. Aber irgendwann stieß die »Nixe« mit ihrer Nase, oder besser gesagt: Bug fast gegen die Felseninsel. Der Wind sorgte für einen gehörigen Tanz auf dem Meer, doch die Besatzung des kleinen Versorgungsbootes setzte alles daran, mir den lütten Weihnachtsbaum zu überbringen, der mir das Weihnachtsfest wenigstens ein bisschen heimelig machen sollte. Weihnachtsgrüße von daheim, der Familie und den Freunden, ein paar Geschenke, und natürlich die Weihnachtsgans, die so groß war, dass ich noch zu Silvester an ihr zu knabbern haben würde.

Über mir drehte sich im Turm das Räderwerk des Rundumlichtes, und der Leutturm schickte seine Blinksignale im vorgegebenen Rhythmus in den Schneesturm hinaus. Man konnte die Hand kaum vor Augen sehen, und ich war froh, hier auf meinem kleinen Inselchen keinen Schnee fegen zu müssen. Es gab hier nur sehr wenig Verkehr und fast gar keine Fußgänger, denn außer mir war hier niemand. Also saß ich vor dem Radio und hörte die Weihnachtsgrüße, die der Norddeutsche Rundfunk zusammen mit der Küstenfunkstelle Norddeich Radio in den Äther schickte. Aus aller Welt kamen von den Schiffen die Grüße an die Lieben daheim oder wurden Grüße an die Matrosen geschickt, die irgendwo auf allen Weltmeeren unterwegs waren.

Da rumste es! – Es rumste sogar gehörig, dann hörte ich ein Poltern, das den ganzen Turm hinunterlief. Ich griff mein wasserfestes Ölzeug und warf es mir über, sprang in die Stiefel und rannte die steile Treppe hinab, so schnell es eben ging. Ich öffnete die Eingangsluke und wurde beinahe von einem riesigen roten Mantel überrollt, in dem ein großer bärtiger Mann steckte. »Donner und Doria!«, wetterte der Weißbart und betastete seine Glieder. »Noch mal gut gegangen, alles noch dran!«

Dann schaute er mich an. »Musstest du denn auch deinen Leuchtturm genau hierhin bauen?«

Ich war verwirrt. Wohin denn sonst, wenn nicht genau hier hin? Draußen auf dem Meer oder im Binnenland auf einem Berg im Harz hätte er niemandem genützt.

»Rudolf Rotnase ist seine rote Nasenbirne durchgebrannt, die uns immer den rechten Weg geleuchtet hat«, brummte der Mann und mir kam ein leiser Verdacht, wer mein merkwürdiger Besucher sein könnte. Leider konnte ich ihm nicht mit einer Ersatzbirne für sein Leitrentier dienen, aber als wir aus dem Turm traten, half ich ihm, seinen Schlitten wieder aufzurichten, mit dem er kräftig am Leuchtturm angestoßen war. Die Beulen am Schlitten waren nicht schön, aber man würde das schon wieder glatt bekommen. Hauptsache, ihm und den Rentieren war nichts passiert. Scheinbar hatte er das rote Sektorenfeuer des Turms für das Leitlicht des Rentiers gehalten und war so vom Weg abgekommen.

Mir gefiel nicht sein Blick, mit dem er mich und meinen Leuchtturm betrachtete. »Ich brauche Licht, um den Weg durch die Nacht zu den Kindern zu finden«, überlegte er laut. »Und du hast Licht, Ole Olesson. Ich muss nur deinen Leuchtturm vorne auf die Zugstange montieren, dann könnte es weitergehen.«

Der Mann hatte Humor. Wie sollte das denn gehen, diesen riesigen Turm auf die vergleichsweise winzige Zugstange des Schlittens montieren? Der Weihnachtsmann, denn um diesen handelte es sich, bewegte seinen Zeigefinger im Kreis um den Turm und plötzlich schrumpfte das Bauwerk auf Spielzeuggröße. Wir montierten es tatsächlich ganz vorn auf der Zugstange des Schlittens, und die Rentiere schnaubten freudig, als der Leuchtturmwinzling sein Licht weit nach vorne in das Schneegestöber der Heiligen Nacht warf. »Einsteigen«, kommandierte der Weihnachtsmann und schob mich auf die Sitzbank im Schlitten. Ich klammerte mich fest, und eine abenteuerliche Reise durch die winterweiße Nacht begann.

Nach einer ganzen Weile merkten wir, dass wir kreuz und quer über Nordsee und Atlantik flogen, aber merkwür-

digerweise auf kein Land trafen. Wir hatten uns hoffnungslos verirrt.

»Wenn wir den Weg nicht bald finden, bekommen die
Kinder auf der ganzen Welt ihre Gaben viel zu spät. Ein
Weihnachtsmann, der erst zu Silvester die Geschenke
bringt, das hat es noch nie gegeben!«

»Wir fliegen offensichtlich im Kreis«, bemerkte ich, als ich
unter uns meine kleine Leuchtturminsel sah. Natürlich, das
Uhrwerk im Turm lief ja noch und der Lichtkegel wanderte mal hier, mal dort hin und brachte so die Rentiere völlig
aus der Bahn. Ich musste hinein und den Mechanismus
abstellen, damit das Leuchtfeuer genau geradeaus schien.
Es war ein merkwürdiges Gefühl, als ich schrumpfte und
der Rauschebart mich wie ein Riese vorsichtig mit zwei
Fingern nahm und mich auf die Galerie des Turmes setzte.
Nur wenig später war die Arbeit erledigt, ich hatte die
Drehbewegung gestoppt und das Licht schien nur noch
nach vorn, weit hinaus in die Nacht.

Ich gebe zu, mir wurde schwindelig bei dem Tempo,
das der Weihnachtsmann nun vorlegte. Die Welt jagte an
uns vorüber und mir war nicht wohl. Helfen konnte ich
ihm nicht mehr, und so legte ich mich in meine Koje und
schlief ein. Als ich erwachte, war es bereits heller Morgen
und ich fragte mich, ob wir über Afrika oder vielleicht
China kreisten. Ich ging nach oben in den Lampenraum
und betrat die Galerie, die um den Turm führte. Nein, ich
war zusammen mit meinem Turm wieder auf meiner
Leuchtturminsel. Das Licht war erloschen und der Dreh-
mechanismus abgelaufen. Weit draußen zogen die Schiffe

im hellen Tageslicht an meinem Turm vorbei auf ihrem Weg hinaus in die Welt und nichts schien sich irgendwie verändert zu haben.

Ein Traum, ich war eingeschlafen und hatte geträumt. Sicher. Und was für einen herrlichen Blödsinn! Ich lachte. Ich, Ole Olesson, Helfer des Weihnachtsmannes. Köstlich. Da musste man erst einmal drauf kommen.

Ich erschrak, denn ich dachte an die Weihnachtsgans in der Bratröhre. Sie musste inzwischen komplett verkohlt sein, doch als ich den Wohnraum betrat, stutzte ich. Die Kerzen an der kleinen Weihnachtstanne brannten, der Tisch war gedeckt, die gegarte Gans duftete herrlich und Kartoffeln und Rotkohl dampften vor sich hin. Bei den Geschenken stand etwas, das ich beim Ausladen aus dem Versorgungsboot nicht gesehen hatte. Eine wunderbare Angelrute, an der ein Zettel hing: »Herzlichen Dank für deine Hilfe, durch die alle Kinder ihre Weihnachtsgaben pünktlich erhalten haben. Hier noch ein kleines Geschenk gegen deine Langeweile auf dem Turm. Fröhliche Weihnachten und Petri Heil – Santa Claus.«

Der Weihnachtskasper

Weihnachtszeit, für jeden beginnt sie zu einem anderen Zeitpunkt. Jeder lässt sich durch etwas Anderes in diese ganz besondere Stimmung versetzen, die vor dem Fest um sich greift und fast jeden ansteckt. Wann beginnt für Sie Weihnachten?

Ich denke gerne zurück an meine Kindheit zu Beginn der 1960er Jahre, als ich im Bremer Neustadtsbahnhof lebte. Meine Eltern führten damals dort die Bahnhofsgaststätte und irgendwann im Dezember wurde es hektisch. Im Saal wurden die Tische zu einer langen Tafel zusammengeschoben, eine große Tanne erstrahlte geschmückt im Lichterglanz, während draußen die ersten Schneeflocken des Jahres ein weißes Weihnachtsfest ankündigten. An der Stirnseite des Raumes wurde ein Gerüst aufgebaut, das alsbald mit dunklen Tüchern verdeckt wurde. Fremde Männer trugen Lampen und Kabel in diese geheimnisvolle Höhle, Koffer und Kisten verschwanden ebenfalls in der schwarzen Finsternis. Wir Kinder hatten strengstes Verbot, dem Bauwerk auch nur nahe zu kommen.

Doch genau mit diesen merkwürdigen Vorbereitungen begann für uns die Weihnachtszeit. Der Landesverband des Verbands Deutscher Kriegsversehrter VDK lud zu seiner Weihnachtsfeier mit Kaffee und Kuchen und einem ›echten‹

Weihnachtsmann, der die Kinder beschenkte und aus einem großen roten Buch vorlas, ob diese denn auch artig gewesen waren. Doch bevor es dazu kam, erbebte der Saal unter Blitz und Donner, der Vorhang an dem schwarzverhängten Gerüst hob sich und auf einer Bühne hatte Kasperle seinen Auftritt. Mit dem König trieb er allerlei lustigen Schabernack. Der furchtbare Teufel, der jedes Mal mit Donnergetöse, Blitzen und stinkendem Rauch auf der Bühne erschien, musste erleben, dass Kasper so gar keine Angst vor ihm hatte und ihn am Schluss unter dem Jubel der anwesenden Kinder zurück in die Hölle jagte.

Auch wir Bahnhofskinder wurden beschenkt, waren wir doch das ganze Jahr über, nun, sagen wir mal fast beinahe überwiegend ziemlich artig gewesen. Übel erging es allerdings dem Ersten Vorsitzenden des Vereins, der ebenfalls vor die strengen Augen des Weihnachtsmannes zitiert wurde, um ein Gedicht aufzusagen. Der Ärmste war sehr nervös, druckste herum und gestand schließlich, gar kein Gedicht zu können. Aber irgendeines musste er doch kennen, meinte der Weißbärtige vor ihm tadelnd, und siehe da, eines fiel ihm tatsächlich ein.

»Ich bin klein, mein Herz ist rein, meine Stiefel sind schmutzig – ist das nicht putzig?«

Ja, putzig war das, aber dem Weihnachtsmann gefiel es überhaupt nicht. Er griff zu seiner Rute und versetzte dem Vorsitzenden einige Hiebe auf den Achtersteven. Der Lacherfolg war fast ebenso groß, wie zuvor beim Kasperletheater.

Irgendwann war der Saal wieder leer und es zog mich magisch unter die schwarzen Tücher zwischen die Gerüststangen der Puppenbühne. An Haken hingen die Marionetten an ihren Fäden, man konnte sie in der Dunkelheit kaum erkennen. Da flammte plötzlich ein Licht auf, das genau auf den Teufel leuchtete. Es war, als springe er aus der Dunkelheit auf mich zu, und das bekannte Donnergrollen ertönte in einer ohrenbetäubenden Lautstärke. Es war der Moment, in dem mein Herz stehen blieb und ich, schnell wie der Wind aus der Bühne heraus jagte, dass die dunklen Tücher im Luftzug wehten.

Bis nach Neujahr war meine Flucht vor dem Teufel launiges Gesprächsthema bei den Gästen unserer Wirtschaft, und meine Eltern beschworen, dass ich den Saal nicht eher wieder betreten habe, bis das Theater komplett abgebaut und abtransportiert war. Und alles nur, weil der Techniker der Puppenspieler zurück kam um etwas zu holen, das er vergessen hatte.

Weihnachten, noch heute rieche ich den Duft der Kaffeetafel, der vielen Kuchen und Süßigkeiten, noch immer zieht mir der Schwefelduft durch die Nase, wenn ich an das Puppentheater denke. Und obwohl ich nun selber fast im Großvateralter bin, weiß ich noch immer, dass es pünktlich vor den Festtagen anfing zu schneien, höre die Schellen am Schlitten des Weihnachtsmannes über mir in der schneeflirrenden Dunkelheit und höre sein »Hohoho! Fröhliche Weihnachten euch allen!«

Es weihnachtet

Wenn es auf der Kellertreppe
rumpelt, poltert und laut kracht,
dann, so kann man sicher sein,
naht mit Macht… die Heilige Nacht.

Nicht das Christkind ist's,
auch ist's nicht Santa Claus,
die so ungeniert und laut
terrorisieren das ganze Haus.

Doch wer flucht da auf der Treppe?
Nur der Vater ist es, der mal wieder
um den Weihnachtsbaum zu holen,
in den Keller muss hernieder.

Vollbepackt mit Baum und Kugeln,
schleppt er sich die Treppe hoch,
ein Plastikzweig bleibt irgendwo hängen,
hoffentlich hebt er sich keinen Bruch.

Kugeln poltern, das Lametta schwebt
auf den Teppichboden nieder,
Vaters Knöchel schwillt blau an,
wie eben alle Jahre wieder.

Irgendwann ist es geschafft,
der Baum er glänzt und gleißt.
Auf dem Sofa leidet Vater,
sein Knöchel wird vereist.

Jammernd hebt er seinen Kopf:
»Schluss mit Baum und Psalmen,
im nächsten Jahr, so schwöre ich,
gibt's Weihnacht unter Palmen!«

Santa Nikolas

Ich wusste nicht, wie lange ich schon hier draußen war. Seit meinem Auslaufen aus dem kleinen Küstenhafen mussten ein paar Tage vergangen sein, und ich war froh, dass sich das Boot noch auf der Wasseroberfläche halten konnte. Es war zwar etwas abgesackt, und in Kajüte und Motorraum stand das Meerwasser hüfthoch, aber noch trieben wir auf der See. Der Vorrat an Wasser und Lebensmitteln war längst aufgebraucht, und ich saß frierend und von der Gischt durchnässt, auf dem Schandeck und suchte mit den Augen den Horizont ab. Doch weder ein Segel noch die Rauchfahne eines Frachters waren zu sehen.

Eigentlich wollte ich mit dem Boot zum Fischen rausfahren, so wie ich es immer in der Woche vor Weihnachten tue, denn am meisten mag ich an dieser Zeit, dass im Geschäft nichts zu tun ist. Endlich komme ich mal dazu, an mich zu denken und Dinge zu machen, zu denen ich das ganze Jahr über keine Zeit hatte. Diesen Blödsinn mit Heiligabend und Weihnachtsbaum, Lichterglanz und Firlefanz, dem Weihnachtsmann und teuren Gaben kann man sich getrost schenken. Es ist etwas für kleine Kinder, aber erwachsene, gestandene Männer haben für diesen Humbug nichts übrig. Noch nie stand bei mir ein Weihnachtsbaum in der Wohnung, aber trotzdem wäre ich zu Heiligabend lieber wieder daheim gewesen. Ich hatte nicht daran gedacht, meinen Angeltörn mit dem Motorboot so lange auszudehnen.

Dann hatte es plötzlich und unvermittelt einen Knall gegeben, als die Batterie explodierte. Es gelang mir zwar, den Brand im Motorraum zu löschen, doch das Boot hatte Wassereinbruch und ohne Batterie ließ sich die Maschine nicht mehr starten. Somit waren auch das Funkgerät und die Lenzpumpe außer Betrieb. Notdürftig hatte ich mit der Handlenzpumpe das Boot so lange über Wasser halten können, bis das Leck geflickt war. Dabei riss die Gummimanschette der Pumpe und sie fiel ebenfalls aus. Das Wasser lief seither nicht mehr so schnell ins Boot, doch nun, nach einigen Tagen, hatte ich auch nicht mehr die Kraft, es mit dem Eimer aus dem Boot zu schöpfen. Ich war am Ende, und es begann dunkel zu werden. Wieder ein Abend, war es nicht sogar der Heilige Abend? Es war egal, welcher Tag da zu Ende ging, denn der Weihnachtsmann würde an keinem Abend über mich hinwegfliegen und mich finden. Es gab ihn schlicht nicht, und es gab kaum noch Hoffnung, dass mich überhaupt jemand finden würde. Die Düsenjets, deren Kondensstreifen ich am Himmel sah, flogen viel zu hoch, sie würden mich nicht sehen. Der Ozean hatte mich weit abgetrieben, ich wusste nicht, wo ich mich in dieser Wassereinöde befand.

Ich musste eingeschlafen sein, denn als ich hochschreckte, war es um mich stockdunkel. Das leise Klingen von Schlittenglocken ließ mich aufhorchen, und ich sah von Achtern ein winziges Licht aufkommen. Es näherte sich rasch, schien über der Meeresoberfläche auf mich zuzuschweben. Apathisch saß ich da und schaute auf das

Wunder, das so irreal auf mich wirkte. Ein Rentierschlitten hielt neben meinem Boot und ein weißbärtiger alter Mann beugte sich zu mir herüber.

»Schau an, was haben wir denn da gefunden?«, hörte ich seinen tiefen Bass, und ich wusste, dass ich halluzinierte. Der Wassermangel machte sich bemerkbar. Mein Gehirn ließ mich Dinge sehen, die gar nicht da sein konnten. Hatte man jemals davon gehört, dass Schiffbrüchige vom Weihnachtsmann gerettet wurden?

»Hör zu, mein Freund. Ich habe leider heute nur wenig Zeit, das verstehst du doch? Aber ich werde dir jemanden schicken. Es wird nicht lange dauern.« Der Alte mit dem weißen Bart und dem roten Mantel machte Anstalten, seinen Rentieren die Zügel freizugeben, als er innehielt. »Oh, ich werde vergesslich«, murmelte er kopfschüttelnd. »Heute ist Heiligabend, und auch du sollst ein Geschenk bekommen. Fröhliche Weihnachten.«

Er griff hinter sich in den großen Sack, der auf der Ladefläche festgezurrt war und warf mir ein rollenähnliches Päckchen zu, schnalzte mit der Zunge und die Rentiere zogen an. Ich fing das Geschenk mit einer matten Bewegung auf, es bereitete mir Schwierigkeiten, das bunte Papier zu zerreißen. Meine Finger waren wund vom Salzwasser, die Kuppen blutig. Ich glaubte meinen Augen nicht zu trauen, als eine Wasserflasche zum Vorschein kam. Ich drehte sie auf und trank und trank, bis die Flasche leer war, wobei ich mir sagte, dass dies eigentlich alles unmöglich war. Es gab keinen Weihnachtsmann, und folglich konnte es auch keine Wasserflasche geben.

Dann wurde es hell, die Nacht war vorbei und im Licht der aufgehenden Sonne ertönte ein lautes Schiffshorn drei Mal. Die Besatzung eines Frachtschiffs hatte mich gefunden, der Dampfer drehte bei und fischte mich auf. An seinem Bug stand in großen weißen Buchstaben ›Santa Nikolas‹ und der Kapitän begrüßte mich mit einem freundlichen »Felice Navidad! Merry Christmas! Sie hatten verdammtes Glück, denn wenn unser Autopilot nicht plötzlich gesponnen und den Kurs geändert hätte, wären wir meilenweit an ihnen vorbeigefahren. Man könnte es ein kleines Wunder nennen.«

Das war im letzten Jahr, und in diesem Jahr steht bei mir zuhause ein bunt geschmückter Weihnachtsbaum in vollem Lichterglanz, vor dem Kamin ein Glas Milch und ein paar selbstgebackene Plätzchen. Ich bin in diesem Jahr übrigens nicht zum Fischen gefahren.

Der Weihnachtsschlitten

Weihnachten, ein Fest für alle, aber ganz besonders für Kinder. Diese Feststellung habe ich gemacht, seit unsere eigenen aus dem Haus waren und der Heiligabend unterm leuchtenden Tannenbaum sehr ruhig wurde. Das Schmücken des Baumes ist Gewohnheit, beinahe eine spirituell-meditative Handlung. Man kann so schön die Gedanken schweifen lassen, während man Kugel um Kugel in das Bäumchen hängt, Lichter drapiert und Lametta über die Äste hängt. Und je älter man wird, gehen sie weiter und weiter zurück in die Vergangenheit.

Auch bei uns wurde die Stube noch weihnachtlich geschmückt, als ich klein war. Es duftete nach frischem Tannengrün und aus der Küche zog Plätzchenduft durch die Wohnung. Eine Sache wird mir dabei immer in Erinnerung bleiben. In der Wohnung meiner Großeltern gab es auf dem Flur eine Kommode, auf der zu Weihnachten immer eine weiße gehäkelte Decke lag, welche die schönsten Wintermotive zeigte. Auf ihr standen silberne Figuren, ein aus Silber getriebener Weihnachtsbaum, silberne Rentiere und Hirsche, glitzernde Engelsfiguren dienten als Kerzenhalter. Sie alle aber umrahmten einen silbernen Schlitten, der von Rentieren gezogen wurde und in dem eine, ebenfalls silberne, Weihnachtsmannfigur die Zügel hielt und mit erhobenem Arm die fliegenden Rene anfeuerte.

Großvater erzählte uns, dass er dies alles am Nachmittag des Heiligen Abends wieder abbauen und das Fenster im Flur weit öffnen musste, denn bei Einbruch der Dunkelheit würden die Rentiere zum Leben erwachen und brauchten eine hindernisfreie Startbahn. Kaum, dass der kleine Schlitten aus dem Fenster gesaust wäre, würde er wachsen, der silberne Schimmer würde einem hellen Leuchten weichen und der Mantel des Weihnachtsmannes in einem hellen Rot erstrahlen. Wie der Wind und mit Santas lautem »Hohoho!« jagten die Rentiere mit dem Schlitten in den abendlichen Himmel und manchmal, wenn es nicht schneite, konnte man seine Silhouette im Licht der Sterne über den Himmel huschen sehen. In unserer Fantasie waren die tollsten Bilder, die uns Opas Erzählkunst dort hineinzauberte.

Dann kam das traurige Weihnachtsfest, an dem Großvater nicht teilnehmen sollte. Er lag in der Klinik, das alte Herz machte ihm Probleme. Großmutter und die Familie waren bei ihm, während draußen leise der Schnee fiel und die Welt sich ein wunderbares weißes Festtagsgewand anzog. Großvater schlug die Augen auf, blickte durch die Fenster hinaus in das Schneetreiben am bereits dunklen Himmel. »Der Schlitten …, das Fenster …«, murmelte er mit brüchiger Stimme. »Der Weihnachtsmann kann Wunder vollbringen, er wird sich durch ein geschlossenes Fenster nicht aufhalten lassen«, beruhigte Großmutter ihn, und er schloss beruhigt die Augen und schlief wieder ein.

Es wurde eine lange, traurige Nacht, und als wir gegen Morgen in die verlassene Wohnung der Großeltern zurückkehrten, fanden wir ein Chaos im Flur vor. Alle silbernen Figuren waren umgefallen und lagen, teils auf der Kommode, teils auf dem Fußboden. Das Flurfenster war weit geöffnet, der Wind hatte Schnee in den Flur geweht. Und der Weihnachtsschlitten war fort. Er hatte an diesem Weihnachtsabend nicht nur die Geschenke der Kinder zu verteilen, sondern auch eine weitere wertvolle Fracht bei sich, die er zu den Sternen bringen musste.

So, wie in dieser Nacht vor beinahe zweitausend Jahren ein Kind geboren wurde, endete ein Leben in dieser Heiligen Nacht. Das Fenster wurde geschlossen, der Schnee aufgefegt, die silbernen Figuren wieder aufgestellt. Der silberne Weihnachtsschlitten aber blieb verschwunden, er kehrte nie zurück. Und noch etwas fehlte von diesem Abend an: Opa!

»Schaffst du es, oder muss ich dir helfen?« Die vertraute Stimme meiner mir Angetrauten riss mich aus den Erinnerungen und brachte mich zurück in die Gegenwart. Ich hängte die letzte Kugel an den Baum und stieg von der Leiter. Mit einem Knipps schaltete ich die Beleuchtung an und die vielen kleinen Lichter im Baum verbreiteten einen milden Glanz im Zimmer. Einen Moment standen wir andächtig vor dem künstlichen Baum und betrachteten das leuchtende Werk. »Ich glaube, mir ist heute nicht nach einem einsamen Heiligen Abend. Lass uns zum Griechen gehen und mit Freunden das Fest der Freude und Liebe feiern«, sagte ich leise. Stumm zogen wir unsere Jacken an und gingen hinaus in den weiß flirrenden Weihnachtsabend, die Spuren unserer Stiefel führten zu dem Restaurant, hinter dessen Fenstern es hell und freundlich war, warm und gemütlich. Der Raum war voller Bekannter und Freunde, denen es ähnlich ging wie uns und mit denen wir fröhlich das Fest begingen.

War er es?

Neulich lacht mich einer an,
ich glaub, es war der Weihnachtsmann.
Ganz still stand er in einer Ecke,
hoffte, dass ich ihn nicht entdecke.

Aber im Vorübergehen
habe ich ihn doch gesehen.
Ganz freundlich nickte er mir zu,
dann stieg er ein in seinen Schlitten,
und flog davon, in aller Ruh.

Jan und die Weihnachtshummer

Jan Kiekut leuchtete mit der Laterne in den düsteren Laderaum hinunter. In dem schwachen Licht der Talgfunzel konnte er nur schemenhaft die Körbe ausmachen, die in nur einer Lage auf dem Boden des Frachtdecks standen. Zeit, eine Pütz Wasser über die Körbe zu gießen. Hein Petermann, was Jan sein Vater war, kannte da kein Pardon. Pünktlich zum Drehen der Sanduhr musste Jan runter und die Körbe mit Seewasser übergießen, damit die Hummer nicht austrockneten.

Jan kletterte die Leiter hinab und griff sich den Zuber. Aus einem Fass schöpfte er das Salzwasser und goss es über die Transportkörbe. Wie die wohl aussahen, die Hummer? Er hatte wohl gehört, dass es Krebse wären, aber die sollten so groß sein, dass er sich das gar nicht vorstellen konnte. Ob man da nicht mal ...? Vielleicht war ja einer der Körbe nicht so fest verschlossen? Mal sehen. Hm ..., bei dem hier schien der Deckel locker zu sein. Jan hob ihn vorsichtig an und spähte hinein. Aber in der Finsternis war einfach nix zu sehen. Also langte er kurzentschlossen in den Weidenkorb um zu ertasten, was da wohl drin sein sollte. Dem Hummer, einem Prachtexemplar von einem Krebs, gefiel das gar nicht, und er brachte seine riesigen Scheren in Stellung und packte zu. Jan Kiekut bekam Augen wie Suppenteller, sein Gesicht lief puterrot an, und dann fing er an zu schreien, als hätte der Leibhaftige selbst ihn in am Schlafittchen. Der olle

Harmssen und Jans Vater stürzten in den Laderaum um zu sehen, wer da so laut seine Pein herausbrüllte. Als sie Jan sahen, der verzweifelt versuchte, seine Hand aus dem Korb zu ziehen, fingen sie an zu lachen, dass ihnen die Tränen in die Bärte liefen.

»Tja, Jan! Dat is all so, wenn man zu neugierig is!«, prustete der olle Kaptein und öffnete den Verschluss des Korbes ganz. Jetzt konnte der Vegesacker Junge zwar seine Hand herausziehen, aber als er sah, was da für ein Monster von einem Hummer an seinen Fingern hing, fing er sofort wieder an zu schreien.

»Zu Hülfäää! Der frisst mich auf! Bei lebendigem Leib!«

Bevor der Hummer in Gefahr kam, sich an Jan Kiekut den Magen zu verrenken, befreite Jans Vater beide aus ihrer misslichen Lage. Und während Jan seine arg misshandelten Finger zur Kühlung in den Wasserbottich stopfte, verfrachtete der olle Harmssen den als Weihnachtsleckerbissen vorgesehenen Kneifer wieder in seinen Korb.

Etwas später lehnte Jan an der Reling und betrachtete seine blauen Finger. Ganze Arbeit hatte das Vieh geleistet. Warum hatten es denn ausgerechnet Hummer sein müssen? Hätten sie nicht irgendwas anderes essen können. Aber nein! Die feinen Ratsherren, welche die Bremer Kaufleute zum Weihnachtsessen geladen hatten, mussten ja mal wieder protzen. Und wo gab es die bekanntermaßen besten Hummer? Natürlich nicht in Bremen oder Vegesack, nein, weit draußen in der offenen See lag eine Insel mit dem schönen Namen Heligoland. Jan hatte von den einheimischen Fischern gehört, dass das wohl ›Heiliges Land‹ heißen sollte, denn die Insel war in früheren Zeiten eine heilige Stätte der keltischen Druiden gewesen. Es war eine kleine Insel aus rotem Felsgestein, an deren Sockel im Meer die leckeren Tiere mit den großen Scheren gefangen wurden. Eigentlich war es so, dass die Schifffahrt auf der Weser zum Winter hin eingestellt wurde, selbst die hölzernen Tonnen, mit denen man die sich windende Fahrrinne im Frühjahr markierte, wurden wegen des winterlichen Eisganges zum Spätherbst eingesammelt. Nun suchte man einen erfahrenen Skipper, der es wagen würde, trotz all dieser Widrigkeiten die Reise zur Insel durchzuführen um die schmackhaften Krustentiere zu holen. Der Einzige, der sein Schiff noch wegen des bislang warmen Wetters klar hatte, war Hein Petermann, der Fischer aus Vegesack und Jan Kiekuts Vater. Nach zähen Verhandlungen mit dem Rat der Stadt einigte man sich auf ein gar fürstliches Salär für diesen Dienst, und Hein Petermann hatte sich mit seinem Ewer auf den gefährlichen Weg gemacht. Der Fischer, der die Weser wie die eigene Hosentasche kannte, hatte die Rinne auf dem Fluss noch problemlos finden können, aber dann, weit draußen in der Wesermündung, wo das Wasser schon salzig schmeckte und man kein Land mehr sah, hatte Kapitän Harmssen weiter geholfen. Der alte Seebär hatte die Insel mit untrüglichem Instinkt und dank guter Navigationskenntnisse gefunden, und man hatte Körbe voller Hummer im Laderaum verstaut.

Die Insulaner mahnten zur Eile, denn die erfahrenen Hochseefischer spürten den nahen Wetterwechsel.

Und dann war es passiert! Man mochte wohl auf dem halben Weg zwischen Insel und Festland sein, als der Wind einschlief und dichter Nebel über die glatte Meeresoberfläche heranzog. Man brauchte keine Angst zu haben, in der dicken Suppe mit einem anderen Schiff zusammenzustoßen, denn zu dieser Jahreszeit fuhren keine Schiffe mehr. Stunde um Stunde verging, und es rührte sich kein Lüftchen. Die Segel hingen schlaff herunter und das lustige Plätschern, mit dem der Segler noch vor Kurzem durch die Wellen gepflügt war, war auch verstummt. Dann wurde es kalt, und man spürte, dass Frost und Schnee nicht mehr weit waren. Kapitän Harmssen hatte sich seine warme Jacke angezogen und starrte angestrengt in den dichten Nebel.

»Käpt'n! Nur noch zwei Faden!«, rief der Mann mit dem Tiefenlot vom Bug des Schiffes her. Mit eintönigem »Plumps!« tauchte das Lotgewicht immer wieder in die trüben Fluten und jedes Mal wurde die Zahl, die der Lotse rief, geringer.

»Damminomol!«, durchfuhr es den alten Seebären Harmssen. Wo mochte man wohl jetzt sein? Wenn man Glück hatte, irgendwo in der Wesermündung, vielleicht aber auch schon irgendwo bei den Inseln. Die abnehmende Wassertiefe sprach dafür, dass man sich bereits im Wattenmeer befand, dann würde es schlimm. Wenn sie irgendwo aufliefen, würde sie zwar die bald auflaufende Flut wieder freikommen lassen, aber bei der schlechten Sicht bestand die Gefahr, dass sie nur noch höher auf die Wattrücken trieben.

Leise und zuerst fast unmerklich begann es zu schneien. Morgen war Weihnachten, ob sie bis dahin zuhause waren? Jan Kiekut war es mittlerweile ziemlich mulmig in der Magengegend, und er stellte sich an den Bug des Seglers. Gab es denn niemanden, der ihnen helfen konnte? Ihm fiel spontan ein, wie er den Weihnachtsmann aus dem Schornstein gezogen hatte.

»Weihnachtsmann!«, murmelte er leise. »Hilf uns, bring uns nach Hause!«

Der Schneefall wurde stärker, und Hein Petermann hatte sich gerade entschlossen, vor Anker zu gehen und günstigeres Wetter abzuwarten. Plötzlich drang leises Schellengeläut durch den Nebel und eine leichte Brise legte sich in die Segel. In der Ferne tauchte ein Lichtschein auf, und bei genauerem Hinsehen stellte Jan fest, dass das Licht aussah, wie der gleißende Tannenbaum, den der Weihnachtsmann ihm damals zum Dank beschert hatte.

»Danke, Weihnachtsmann!«, schrie er begeistert und sauste über das Deck zum Steuermann. »Da lang!«, rief er und wedelte aufgeregt mit seinem blauen Zeigefinger in Richtung auf das Licht. »Immer dem Leuchten nach!«

»Welchem Leuchten?«, wollten Harmssen und Jans Vater wissen, denn sie sahen … nichts. »Jan, lass den Blödsinn mit der Spökenkiekerei, wenn wir jetzt weiter fahren, kommen wir in die Dunkelheit. Das ist zu gefährlich. Wir müssen hier ankern!«

Jan Kiekut schluckte. Ach so, nur er konnte es sehen! »Vertraut mir einfach!«, rief er, schubste den Steuermann beiseite und übernahm selbst das Ruder. Es war eigenartig. Das Licht, welches Jan in der Ferne sah, wanderte mal hin und mal her, und Jan drehte am Ruder und hielt immer schnurstracks drauf zu. Merkwürdigerweise folgte der Wind jeder Kursänderung des Schiffes, sodass der Segler immer den günstigsten Wind im Segel hatte. In Dunkelheit und Schneefall glitt der Segler durch das flache Wasser des Wattenmeeres und bald konnte man schemenhaft die Ufer der Weser erkennen, und den Rauch riechen, der aus den Kaminen der Fischerhütten aufstieg. Jan ließ den Segler von dem leichten achterlichen Wind und der Flut den Fluss hinauftreiben und hielt sich weiter stur an das Licht, das ihn irgendwo am Horizont führte, und das außer ihm niemand sonst sehen konnte.

Dann kamen sie um die letzte Flussbiegung und konnten voraus den heimatlichen Hafen sehen. Doch was war das? Die Tanne am Utkiek – sie strahlte in einem Lichterglanz, der den ganzen Hafen erhellte. Je näher der Segler kam, umso schwächer wurde das Licht, bis es schließlich nur noch so hell war, wie brennende Kerzen es normalerweise vermochten, die Nacht zu erhellen.

Die Männer an Bord strichen schweigend die Segel und belegten die Leinen auf der Mole.

»Und du hast die ganze Zeit über schon diesen Tannenbaum gesehen?«, fragte Harmssen ungläubig, und als Jan stolz nickte erklang vom Himmel her wieder das leise Schellengeläut und das dröhnende Bassgelächter des Weihnachtsmannes.

Und diesmal konnten es alle hören.

Drachen-Weihnacht

Der Eingang zu der Höhle war riesig und gähnte ihn als gigantisches schwarzes Loch an. Zu groß für eine Bärenhöhle, aber selbst als Tor zu einer Drachenhöhle waren die Ausmaße reichlich dimensioniert. Zögernd blieb der Mann vor dem gähnenden Schlund in die Unterwelt stehen, fasste sein Schwert noch fester, sodass die Knöchel an seiner Hand weiß hervortraten. Welch ein Wahnsinn, sich mitten im Winter so weit im Norden auf ein solches Abenteuer einzulassen. Doch sprach nicht die Sage von einem gar holden Frauenzimmer, das seit langen Zeiten von einem monströsen Drachen hier gefangen gehalten wurde? Gerüchten zufolge sollte es eine Prinzessin sein, derer sich das geflügelte Ungeheuer bemächtigt hatte. Viele Jahre hatte er mit der Suche nach Details zum Standort der Drachenhöhle verbracht, war von Ort zu Ort gezogen und hatte die Bibliotheken vieler Klöster und Burgen besucht, und nun war er sich sicher. Dieses war der Ort. Die Größe des Höhleneingangs ließ nur einen Schluss zu, es musste der Eingang zur Drachenwelt sein, die sich hier im Untergrund unter dem ewigen Eis und Schnee der Arktis befinden musste.

Er tastete nach dem Kreuz unter seinem Umhang, fühlte die Kühle des Metalls, spürte das feste Band, an dem es um seinen Hals hing. Mit tastenden Schritten bewegte er sich vorwärts, hinein in die Dunkelheit, die ihn nach wenigen Schritten verschluckte. Er verspürte die aus dem Untergrund aufsteigende warme Luft, die jedoch merkwürdigerweise gar nicht nach Drachen roch. Der Duft erinnerte ihn an etwas aus seiner Kindheit, doch konnte er nicht sagen, woran. Langsam gewöhnten sich seine Augen an das Dunkel, und all seine gespannten Sinne lauschten in den vor ihm liegenden, nach unten führenden Tunnel hinein. Sehr tief unter ihm schienen Geräusche zu sein, doch das Klirren seines Kettenhemdes und das Rascheln seines Umhangs übertönten alles. Er verhielt, doch war unmittelbar in seiner Nähe nichts zu hören. Er schien allein in dieser fremdartigen Welt, trotzdem war ihm, als würden tausend Augen ihn beobachten.

Ein Stück weiter unten durchdrangen seine Blicke die Finsternis, die lichter wurde, wie die Nacht, kurz bevor der Tag anbricht. Er meinte, huschende Schatten zu sehen, die vor ihm den Stollen kreuzten und in kleineren Gängen verschwanden. Waren das die Trolle, von denen die nordischen Sagen berichteten? Die vielleicht zusammen mit den letzten Drachen in der Unterwelt lebten? Alles, was er bei seinen Studien gelernt hatte, war, dass man nicht sicher wusste, welche von beiden Spezies gefährlicher war. Die Trolle sollten schon manchen Menschen verspeist haben, und die Drachen wurden vielleicht mit den Überbleibseln ihrer Opfer gefüttert. Er verfluchte seinen adligen Ritterstand, der es ihm gebot, edel und hilfreich allen geknechteten Menschen zur Seite zu stehen, also auch gefangenen Prinzessinnen.

In diesem Augenblick blendete grelles Licht auf, hunderte Fackeln entzündeten sich wie auf Kommando an den Wänden und erleuchteten den düsteren Stollen. Von weiter unten erklang Hufschlag, der sich rasch näherte. Dann verstummte er, und in der Luft lag ein hohles Sausen und Rauschen und eine tiefe Bassstimme rief:

»Hohoho, meine Rentiere, auf geht es! Die wunderbarste Nacht auf Erden bricht an und wir haben viel zu tun. He! Du da! Aus dem Weg, verdammt! Halte uns nicht auf!«

Ritter Arnhold fühlte sich von unzähligen Händen zu Boden gerissen und konnte vor wimmelnden Zwergen, die auf ihm lagen, kaum erkennen, wie ein von Rentieren gezogener Schlitten über ihn in Richtung Höhlenausgang hinwegbrauste. Kurz nur sah er den alten, weißbärtigen Mann im roten Mantel, der ihm freundlich zuwinkte.

»Hohoho, armer Ritter! Ich wünsche dir ein frohes Weihnachtsfest!«

Dann knallte ein zusammengerolltes Bündel, versehen mit einer roten Schleife, vor seine Brust, und Ritter Arnhold, der sich gerade erst mühsam aufgerappelt hatte, ging erneut zu Boden. Ihm wurde schwarz vor Augen, alle Lichter erloschen, als würden alle Fackeln auf einmal ausgelöscht. Erneut ein Huschen, ein Flüstern und Wispern und leise tappende Schritte, die schnell in der Dunkelheit verklangen, und Arnhold war wieder allein. Erst nach einer geraumen Weile wagte er es, sich zu bewegen. Er tastete sich auf die Beine, stolperte aber bereits nach dem ersten Schritt über das flauschige Paket, das ihn schon einmal umgeworfen hatte. Der edle Rittersmann griff danach und tapste verstört bergan. Dort musste der Ausgang liegen. Er wankte auf den immer größer werdenden Ausschnitt von Sternenlicht zu, bis er unter dem weiten Sternenzelt des Polarhimmels in der Kälte stand. Der Nordstern leuchtete so hell, dass er sich problemlos das Bündel näher betrachten konnte. Er löste das Schleifenband und entrollte einen langen flauschigen Pelzmantel, der ihn auf dem Heimweg ausgezeichnet vor der beißenden Polarkälte schützen würde.

Im Mantel steckte ein Papier, und staunend las er:

»Werter Herr Ritter,

Sie sind zu spät gekommen, der letzte Drache starb schon vor vielen, vielen Jahren, und die einzige Prinzessin, die hier lebt, habe ich geheiratet. Sie ist meine Frau und möchte gar nicht gerettet werden. Mit weihnachtlichen Grüßen – Santa Claus.«

Arnhold drehte sich noch einmal um und schaute in den dunklen Schlund hinein. Nun erinnerte er sich an den Duft, den er aus seiner Kindheit kannte. Es roch nach frischem Gebäck und Tannengrün, nach Wärme und Geborgenheit, nach Liebe und Heiliger Nacht.

Weihnachtszeit

Schneeflocken tanzen in der Luft,
aus der Küche kommt ein Duft
von Bratapfel mit Zucker und Zimt,
am Kranz die vierte Kerze verglimmt.

Der vierte Advent macht allen klar,
wie schön die Zeit vor Weihnachten war.
Jetzt aber steht der Höhepunkt bevor,
der Heilige Abend steht vor dem Tor.

Santa Claus nicht nur Geschenke bringt,
manchmal er auch die Rute schwingt.
Wenn Kinder mal nicht artig waren,
muss er leider so verfahren.

Doch bevor er's Kind übers Knie sich legt,
mit der Rute übern Hosenboden fegt,
lässt er, wenn's Kind pfiffig ist,
sich besänftigen mit einer List.

Sagt auf es ihm ein Weihnachtsgedicht,
erstrahlt des Weihnachtsmanns Gesicht,
flugs legt er die Rute bei Seit,
weil ein Gedicht ihn stets erfreut.

So bleibt friedlich dieses Weihnachtsfest,
kein Geschrei tönt im Familiennest.
Weihnachten ist's Fest der Liebe,
drum entfallen heut erst mal die Hiebe.

Manche Schandtat wird vergessen
nach einem guten Festtagsessen.
Draußen hat der Schnee heut Nacht
alles still und ruhig gemacht.

Zufrieden gehen die Leut zur Ruh,
der Schnee deckt die Natur sacht zu,
noch immer schneit es dicke Flocken,
die morgen zu einer Schlittenfahrt locken.

Ostsee-Weihnacht

Die Spur zeichnete sich im frischen Neuschnee deutlich erkennbar ab, verlor sich aber in der Dunkelheit auf der spärlich beleuchteten Promenade. Kufen von einem großen Schlitten hatte sie tief in den Schnee gedrückt. Zwischen den beiden Rillen sah der Bürgermeister Abdrücke von Hufen, die ganz klar in Richtung Seebrücke verliefen.

»Ach, er ist schon da«, murmelte er und machte sich auf den Weg, der Spur zu folgen. Die schweren Wolken, die noch vor Kurzem ihre weiße Last über dem Ostseeland abgeladen hatten, waren von einem kalten Wind aus Osten vertrieben worden. Es war merklich kälter geworden, und der Schnee würde über die Festtage liegenbleiben.

»Papa, wohin willst du mitten in der Nacht?«, hatte sein Sohn schlaftrunken gefragt.

»Nur mal nachsehen, ob der Weihnachtsmann schon da war«, entgegnete der und legte den Filius wieder ins Bett. Der Lütte wusste ja nicht, dass die Nacht schon fast vorüber war. Er würde einfach weiterschlafen. Der Vorsteher des kleinen Ortes an der See zog seine schwere Jacke an, schlüpfte in die Stiefel und nahm das Säckchen über die Schulter. Dann verließ er das Haus, tauchte ein in die Kälte der Weihnachtsnacht und begab sich geradewegs zum Ende der Südstrandpromenade, die am Hafen begann. Er war zufrieden, als er auf die Schlittenspur stieß, der er bis zur Seebrücke folgte.

Wie immer am frühen Morgen des ersten Weihnachtstages, war das Licht auf der Brücke aus, obwohl es hätte leuchten sollen. Doch heute lag die Seebrücke im Dunkel, als hätte sie etwas zu verbergen. Nur die Spuren, denen der Bürgermeister folgte, bogen ab, führten hinaus auf die Brücke in Richtung Ostsee. Der Schnee knirschte unter den Stiefelsohlen des Gemeindevorstehers, als er von hinten an den hohen Schlitten herantrat, in dem ein Mann mit rotem Kapuzenmantel saß und verträumt auf die See hinausblickte, auf deren Oberfläche sich der Sternenhimmel spiegelte.

»Hohoho!«, grüßte der Ortsvorsteher und ein fröhlich gebrummtes »Hohoho!« antwortete ihm. Der weißbärtige Mann klopfte neben sich auf das Sitzpolster. »Komm rein und setz dich«, forderte er den Neuankömmling auf. Etwas umständlich kletterte der in den Schlitten und setzte sich zu dem alten Weißbart.

»Junge«, murmelte der, »du weißt gar nicht, wie schön du es hier hast. Schau dir das an!«

Er breitete die Arme aus und zeigte auf das Panorama, das sich ihnen bot. Vor dem Schlitten, am Ende der Seebrücke, zeichnete sich das Profil des Geländers gegen die verblassenden Sterne am Himmel ab. Letztes Sternenlicht glitzerte auf dem Meer, auf dem sich bereits kleine Eisschollen zeigten. In weiter Ferne blinkten verschiedene Leuchttürme ihre Grüße über das Meer. Im Osten begann der Himmel sich heller zu färben, zarte Pastelltöne übernahmen das Regiment am Himmel und spiegelten sich auf der See wider.

»Ich bin viel herumgekommen, das kannst du mir glauben, aber nirgends ist der heraufziehende Morgen so schön, wie hier an der Ostsee. Ein Anblick, auf den ich immer ein ganzes Jahr warten muss, aber den will ich mir nach getaner Arbeit auch gönnen.«

Ein tiefer Seufzer entfuhr dem alten Weißbart beim Anblick dieser wunderbaren Natur.

Der Ortsvorsteher nickte zustimmend. Er kletterte aus dem Schlitten und ging zu den Rentieren, die im Zuggeschirr vor dem Gefährt warteten. Aus dem mitgebrachten Säckchen holte der Bürgermeister weiche süße Brötchen hervor und gab jedem Tier eines. Sie ließen es sich schmecken, hatten sie doch eine anstrengende Reise durch die Heilige Nacht hinter sich. Er tätschelte die Tiere und bedauerte, dass er niemandem von diesen alljährlichen geheimen Treffen berichten konnte. Wer würde schon glauben, dass ein Mensch den Weihnachtsmann trifft und kurz vor Sonnenaufgang seine Rentiere füttert?

»Es wird Zeit, gleich ist es hell«, brummte der Alte. »Also, bis zum nächsten Jahr. Mach es gut und: Fröhliche Weihnachten!«

Die Rentiere zogen an, der Schlitten startete über die Seebrücke in Richtung Meer, zog am Himmel eine große Schleife und verschwand in Richtung Nordpol.

Klabauterweihnacht

Jan Kiekut streckte seinen Hals und hielt das Gesicht zum Himmel gewandt in den Wirbel der weißen Flocken. Mit der Zunge versuchte er die großen weißen Kristallgebilde aufzufangen. Seit gestern rieselte die weiße Pracht herunter, und es würde sicher nicht einfach sein, bei dem Schnee-treiben den Weg die Weser abwärts nach Hause zu finden. Der kleine Weserkahn mit dem Fischbecken an Bord lag an der ›Schlachte‹, der Flusskaje der Hansestadt ganz in der Nähe von Sankt Martini bei der ersten Schlachtpforte und eben hatte Jan die letzten Karpfen mit der Karre auf den Markt gefahren. Jetzt war das Becken leer, und sein Vater und Onkel Fiete würden an Bord zurückkehren, sobald der letzte Fisch verkauft war. Dann konnte man endlich wieder die Segel setzen und heimwärts segeln, zurück nach Vegesack.

Es waren immer die anstrengendsten Tage vor Weih-nachten, denn die Kunden der Vegesacker Fischer hatten die Nase voll von dem ewigen Lachs, der zu Jans Zeiten noch massenhaft in der Weser schwamm. Nein, zu Weih-nachten wollten sie etwas Besonderes, und das konnten nur die leckeren Karpfen sein, die man noch in der letzten Woche mit dem Netz aus dem Schönebecker Mühlenteich gefischt hatte. Sie wurden an Bord des kleinen Lastkahnes in einem hölzernen Bassin gehalten und lebend auf den

Bremer Marktplatz geliefert. So konnten die Kunden der Petermanns sicher sein, nur frische Ware zu bekommen.

Die große Tanne an Jans Lieblingsplatz, dem Vegesacker Utkiek, würde weithin leuchten bei der weißen Pracht. Die Kinder aus dem Hafenstädtchen nördlich von Bremen würden sie schön schmücken, wie es sich seit einiger Zeit eingebürgert hatte. Seit Jan Kiekut damals den Weihnachtsmann aus dem Schornstein gezogen hatte, in welchem der Ärmste feststeckte, und der sich mit einem prachtvoll geschmückten und von Lichtern gleißenden Weihnachtsbaum bedankt hatte, fieberten die Kinder danach, die Tanne am Hafen in jedem Jahr wieder zum Erstrahlen zu bringen.

Jan Kiekut seufzte abgrundtief. Nein, in diesem Jahr würde es dunkel bleiben am Hafen. Nichts würde glänzen und leuchten. Der Herbststurm, der in diesem Jahr über das Land gefegt war, hatte den stolzen Baum gefällt. Mit lautem Krachen war der Stamm gebrochen als die heftige Orkan Böe in die dunkle Krone der Tanne gebraust war. Darum war auch die Stimmung in dem kleinen Ort im Augenblick nicht die Fröhlichste. Man würde ...

Hoppla! Was war das? Winzig kleine Fußspuren waren im Schnee zu sehen, die um eines der Häuser herum in den dunklen Hinterhof führten. Jan erkannte sofort, dass hier etwas nicht stimmte, denn zum einen stammten die Spuren von winzig kleinen Schuhen, die es so hier nirgendwo gab und zum anderen konnte man sehen, dass die kleinen Füße ihren Besitzer nur mühsam vorangebracht hatten. Jans Neugier war geweckt und er ließ die Karre einfach stehen und folgte den winzigen Fußabdrücken. Sie führten ihn zu einem Holzstoß, der auf dem Hinterhof aufgestapelt war und verschwanden hinter ihm.

Jan ging in die Knie um besser durch den kleinen Spalt zwischen Mauer und Holz schauen zu können. Was er sah, ließ ihn große Augen bekommen. Ein winzig kleines Kerlchen lag dort im Schnee, kaum dass es ihm bis zum Oberschenkel reichte. Es trug einen feinen Gehrock und einen Dreispitz mit einer langen Feder auf dem Kopf und hatte winzig kleine Schnallenschuhe an den Füßen. Der Zwerg umklammerte einen Wanderstab, an dem ein kleines Bündel hing. Und es ging ihm gar nicht gut. Mühsam hob er die Augenlider und schaute Jan Kiekut aus traurigen Augen an.

»Gggeh wwweg, Mmmenschlllein! Lllass mmmich hier nnnur lllliegen!«, hauchte es bibbernd mit einem dünnen, kraftlosen Stimmchen.

»Keine gute Idee!«, lehnte Jan ab. »Du würdest es hier nicht mehr lange aushalten, so verfroren wie du aussiehst. Los, komm da raus! Ich werde dich wärmen!«

Das Männlein hatte keine Kraft mehr und wehrte sich nicht, als Jan Kiekut seine Hand in den Spalt steckte und es vorsichtig an den Füßen herauszog. Jan öffnete seinen weiten Mantel und steckte das Bürschlein einfach da hinein.

»Ist nicht hell da drin, aber warm!«, meinte er und ging zurück auf die Straße.

»Wo bringst du mich hin?«, tönte es dumpf aus dem Umhang.

»Auf unser Schiff! Und nun sei still, die Leute gucken schon!«

»Schiff ist gut!«, tönte es noch einmal, dann war das Männlein wirklich ruhig. Jan merkte, dass es dem Winzling bald besser ging, denn der hörte auf zu zittern.

Der Vegesacker Junge brachte seinen Fund an Bord des kleinen Lastenseglers und steckte ihn in die kleine Vorschiffskajüte. Lange sah er sich den kleinen Kerl an. So etwas hatte er noch nie gesehen.

»Wer bist du?«, wollte er schließlich wissen.

»Ich bin ein Klabautermann!«, stellte der Winzling mit Stolz in der Stimme fest. Als er aber die schreckgeweiteten Augen des Vegesacker Jungen sah, fügte er schnell hinzu: »Aber du brauchst keine Angst zu haben, ich tue niemandem etwas!«

Und wirklich, Jan hatte nicht damit gerechnet, jemals einen wahrhaftigen Klabautermann zu Gesicht zu bekommen und bisher war er auch alles andere als versessen darauf gewesen. Zu gut hatte er noch die Gruselgeschichten im Ohr, die Onkel Fiete ihm von diesen Schiffskobolden erzählt hatte.

»Hör nicht auf das, was andere dir für Schauermärchen auftischen wollen«, meinte der kleine Mann, dem es, nachdem er wieder völlig aufgetaut war, schon wesentlich besser ging.

»Wir haben schon seit Jahrhunderten die Seeleute auf ihren Reisen begleitet und sie gewarnt, wenn Gefahr für das Schiff bestand. Böse Geister haben wir vertrieben und von den Schiffen ferngehalten und dem Schiffszimmermann die Stellen gezeigt, an denen er dringend Ausbesserungen vornehmen musste. Wir waren beliebt, auch wenn wir manchmal den Seeleuten einen Schabernack gespielt haben. Aber in Wirklichkeit haben sie uns so geschätzt, dass sie in der Schiffsmesse immer ein Gedeck für uns auflegten und uns von allen Speisen abgaben.«

»Und warum bist du nicht auf einem Schiff?«, wollte Jan staunend wissen.

»Nun, solange ein Schiff seetüchtig ist, bleiben wir an Bord und versuchen es zu beschützen. Mein Schiff jedoch war ein Ostindien-Fahrer, und wir hatten uns in tropischen Gewässern einen Wurm eingefangen, der das Schiffsholz durchbohrte. Selbst der Zimmermann kam mit den Reparaturen nicht mehr nach und im Herbst, bei dem großen Sturm, ist unser Segler auf der Heimfahrt in der Elbe gesunken. Jetzt bin ich auf der Suche nach einem neuen Schiff, auf dem noch kein Klabautermann wohnt. Ich hatte gehört, dass hier in Bremen viele Schiffe zu finden wären, aber außer diesen kleinen Nachen hier konnte ich nichts finden.«

»Klar!«, grinste Jan Kiekut verschmitzt. »Diese kleinen Weserkähne sind nichts für einen ausgewachsenen Klabautermann. Aber warte nur, ich werde dich dorthin bringen, wo die großen Schiffe sind. Jetzt sei still, Vater und Onkel Fiete kommen. Wir legen dann sicher gleich ab.«

Kaum waren die beiden alten Fischer an Bord, wurden die Segel gehisst und der Kahn glitt durch das Wasser flussabwärts die Weser hinab. Die beiden alten Fischer kannten ihren Fluss und steuerten mit traumwandlerischer Sicherheit den Segler durch die Sandbänke und Untiefen.

»Geht nur schon vor, ich habe noch etwas zu erledigen!«, rief Jan ihnen nach, als sie den Vegesacker Hafen erreicht hatten und das Schiff sicher vertäut an der Kaje lag. Eigentlich hätte es auch Jan jetzt nach Hause in die warme Stube gezogen, aber er musste sich ja noch um seinen kleinen Findling kümmern. Er stopfte sich das kleine Kerlchen also wieder unter die Jacke und stapfte los. Im Winter fuhren die großen Segler nicht zum Walfang hinaus und lagen im Hafen und an der Lesum-Mündung um auf den Frühling zu warten. Jan lief zu ihnen hinüber und der kleine Kobold unter seiner Jacke schrie begeistert auf.

»Der da! Der Große dort hinten. Da wohnt noch keiner von uns. Dort ziehe ich ein!«

Jan blieb vor dem großen Segler stehen. Es war das neue Schiff vom Kaufmann Sengstacke, das erst im Herbst vom Stapel gelaufen war und über den Winter für die erste Fahrt im Frühjahr ausgerüstet werden sollte. Es war das größte Schiff im Hafen und seine Masten überragten alle anderen.

Jan schlich sich an Bord und der Klabautermann war begeistert, als er die Einrichtung der Kapitänskajüte sah. Laderaum, Mannschaftslogis und die Kombüse waren vom Feinsten und der Kobold war sicher, dass es ihm hier gefallen würde.

»Menschlein, du hast einen Wunsch frei, und ich hoffe, dass ich ihn dir erfüllen kann«, freute er sich.

Jan machte ein bekümmertes Gesicht. Was ihm auf der Seele brannte, dabei konnte der Winzling ihm sicherlich auch nicht helfen. Trotzdem erzählte er dem Kobold, was der große Sturm in Vegesack für einen Schaden angerichtet hatte.

»Wir Klabautermänner leben im Holz und mit dem Holz. Wir sind beinahe aus Holz, denn wir sind die Seelen gestorbener Kinder, die in den Bäumen Zuflucht suchen. Aber einen ganz neuen Baum? Nein, den kann ich dir auch nicht zaubern. Der muss wachsen!«, sagte der kleine Mann leise. Dann hüpfte er von der Truhe herab, auf der beide saßen, sauste einmal durch den Laderaum, schlug einen Purzelbaum und kullerte bis vor Jans Füße. Dort sprang er auf und klatschte in die Hände.

»Aber ich bin ein echter Klabautermann, und bei Neptun und Rasmus, ich werde mir etwas einfallen lassen. Das schwöre ich! Du wirst schon sehen. Geh jetzt nach Hause, und wenn du mir bis zum Frühjahr gelegentlich etwas Essbares vorbeibringen würdest, verspreche ich dir, gut auf das Schiff aufzupassen!«

So folgte Jan jetzt den beiden alten Fischern nach Hause, wo die Familie sich bereits anschickte, die guten Sonntagskleider anzuziehen um zur feierlichen Weihnachtsmesse in die Kirche zu gehen. Schließlich war Heiliger Abend und der Herr Pastor würde wie in jedem Jahr von der Geburt des Jesuskindes erzählen, und die Gemeinde würde beten, während draußen der Schnee alles in weiße Watte packte.

Plötzlich wurde es hell in der Kirche, denn von draußen fiel ein so gleißendes Licht durch die Fenster, dass die Öllampen und Kerzen verblassten. Die Gemeinde stürmte aus dem Gotteshaus und sah vom Hang der Grohner Düne herab, dass der helle Lichtschein vom Hafen her kam.

Ein scharfer Wind trieb ihnen die kleinen weißen Eiskristalle ins Gesicht, als sie alle zum Kai hinunterliefen um das vermeintliche Feuer zu löschen. Wie erstarrt standen sie auf der Kaje und staunten mit großen Augen, als sie das neue Schiff des Bremer Kaufmannes sahen, welches im Hafen lag. Hell erleuchtet lag es da, und von seinem Masttopp ging ein Schimmern und Gleißen aus, als hätte der Blitz eingeschlagen. Die Schneeflocken, die der Wind mit Macht vor sich hertrieb, hatten oberhalb des Ausgucks im Mast das berühmte ›Elmsfeuer‹ entzündet, ein Feuer, welches weithin leuchtet und doch so kalt ist, dass es nichts verbrennt.

»Jan! Das sieht ja aus wie dein Weihnachtsbaum!«, rief Emil, Jans bester Freund. Und jetzt sahen es alle anderen Bürger des kleinen Weserstädtchens auch. Es sah wahrhaftig so aus, als würde auf dem Mast eine strahlend geschmückte Tanne stehen. Durch das weiße Flirren in der Luft hörte man leise das Schellen von Schlittenglocken aber anstelle des dröhnenden Gelächters des Weihnachtsmannes ertönte diesmal ein leises Kichern von dem leuchtenden Schiff her.

»Versprochen ist versprochen!«, tönte ein dünnes Stimmchen durch das leise Heulen des Windes.

Weihnachten ist nie vorbei

Vorbei ist die schöne Weihnachtszeit,
ein neues Jahr steht schon für uns bereit.
Lassen wir's zur Tür herein,
schon bald wird wieder Weihnachten sein.

Schnell vergeht das Jahr im Flug,
schon ist es Sommer, von dem genug
an Sonne wir kaum haben können.
Doch die Jahreszeiten rennen.

Noch bevor wir uns versehen,
wird's nächste Weihnachtsfest geschehen.
Und wieder lernen wir ein kleines Gedicht,
für ein Lächeln in Santa Claus' Gesicht.

Habt viel Spaß im neuen Jahr,
denn eines bleibt wohl wie es war,
denn Hopplahopp und Eins, zwei, drei …
Weihnachten ist nie vorbei.

Die Liebe wir im Herzen tragen,
im ganzen Jahr und an allen Tagen,
die's Christkind hat uns allen gebracht,
zu Weihnachten in der Heiligen Nacht.

Im Leben geht manches Ding daneben. Wer kennt das nicht? 12 Autoren der Lagerfeuer-Runde haben für ihre Leser aus ihrem Erfahrungsschatz 35 Geschichten aufgeschrieben.

Sehr amüsant sind die Geschichten von der verlorenen Mutter, und wer hat schon ein Monster als Tochter? Wie kann ein Staubsauger an einer Scheidung schuld sein, und wer würde nicht gerne seinen Lebensabend auf einem Kreuzfahrtschiff verbringen? Was denkt sich ein Mondkind und wie lang können 90 Sekunden wirklich sein? Was ist so anziehend an einer griechischen Insel, und wie kapital sind die Kapitalen beim Big-Game-Fishing tatsächlich?

Taschenbuch, bookunit, 192 Seiten
ISBN: 978-3-7467-3070-7 – 10,00 Euro

Claus Beese gilt in Wassersportkreisen als Autor, dessen Bücher nicht mehr wegzudenken sind. Amüsant, unterhaltsam, teils nachdenklich, weiß er die Schönheiten der See zu genießen und zu beschreiben. In diesem Buch hat er neben 12 Farbbildern 44 Gedichte über die Ostsee zusammengetragen, die von allem handeln, was darauf, daran und darin, ja, sogar darüber ist. Einsamkeit, Fernweh, Sehnsucht, Farben, Töne, Jahreszeiten, alles findet hier statt. Genießen Sie mit dem Autor den Reiz der Verse, die Schönheit der See und die Poesie der Meere.

Taschenbuch, 80 Seiten, Euro 7,99 – Elvea Verlag, ISBN 978-3-945600-94-8

Zahlreiche Gedichte stammen aus der Feder von Claus Beese, dem Bremer Autor vieler Bücher und Gedichtbände. In diesem neuen Band hat er 89 seiner Verse und Gedichte zusammengefasst, ein vergleichsweise kleiner Teil seiner dichterischen Ambitionen. Lassen Sie sich entführen an den Lyriksee, auf dem das Boot des Autors treibt, während er sich inspirieren lässt vom Dunst auf dem Wasser, der Natur und ihren Geistern, Elfen und Fabelwesen, dem weiten Himmel darüber und den alltäglichen Kleinigkeiten des Lebens, die so großartig sind.

Taschenbuch, Elvea, 96 Seiten
ISBN: 978-3-7485-4978-9 – 10,00 Euro

Jeder von uns wünscht sich mehr Zeit für Meerzeit. Stunden, in denen wir vor dem Alltag fliehen können, in denen uns der Seewind den Kopf klarpustet, wir dem Rauschen des Meeres, dem Geschrei der Möwen lauschen, oder einfach nur auf einer Bank sitzen und auf die See hinausschauen. Mit 43 Geschichten vom Meer und einigen Versen und Gedichten unterstützt Sie der Autor dieses Buches gerne beim Entspannen. Er erzählt von den Wikingern, vom Klabautermann, von gruseligen Dingen und der Liebe. Grundlage für dieses Buch ist eine Auswahl der besten Geschichten aus seinem früheren Buch »Strandgut«, dass im Handel nicht mehr erhältlich ist.

Taschenbuch, 336 Seiten, Euro 12,99 – Elvea Verlag, ISBN 978-3-946751-60-1